U0916059

A Down to Earth Journey Around the World

[美]赛斯·史蒂芬森 SETH STEVENSON 著
韩宜辰 译

# 去他的飞机！

我『脚踏实地』环游世界

北京联合出版公司

**图书在版编目（CIP）数据**

去他的飞机！：我脚踏实地环游世界 / (美) 史蒂芬森著；韩宜辰译. -- 北京：北京联合出版公司，2012.5

ISBN 978-7-5502-0658-8

Ⅰ. ①去… Ⅱ. ①史… ②韩… Ⅲ. ①游记－作品集－美国－现代 Ⅳ. ①I712.65

中国版本图书馆CIP数据核字(2012)第083527号

**北京市版权局著作权合同登记号：图字01-2012-3982号**

Original Title:GROUNDED: A Down to Earth Journey Around the World
by Seth Stevenson
Copyright © 2010 by Seth Stevenson
Simplified Chinese language edition published in agreement with The Zoë Pagnamenta Agency, LLC, through The Grayhawk Agency
All rights reserved

去他的飞机！：我脚踏实地环游世界

作　　者：（美）史蒂芬森
译　　者：韩宜辰
责任编辑：徐秀琴
策划总监：李耀辉
特约监制：郑中莉
产品经理：薛　芊
特约策划：Z 小姐
特约编辑：罗亚晴
封面设计：门乃婷

---

北京联合出版公司出版
（北京市西城区德外大街83号楼9层　100088）
北京慧美印刷有限公司印刷　新华书店经销
字数280千字　880毫米×1230毫米　1/32　9.25印张
2012年7月第1版　2012年7月第1次印刷

ISBN 978-7-5502-0658-8
定价：32.80元

---

未经许可，不得以任何方式复制或抄袭本书部分或全部内容
版权所有，侵权必究
本书若有质量问题，请与本公司图书销售中心联系调换。电话：010-82069000

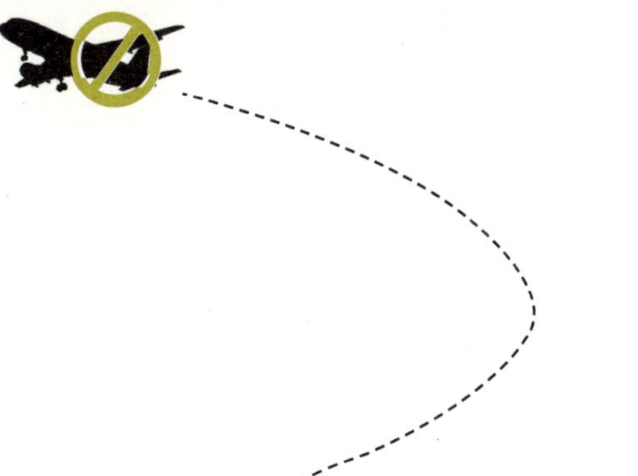

CONTENTS

# CONTENTS
# 目录

CONTENTS

目录

# 引言：缘起

我们过得很舒服，却一直甩不掉陷进泥淖的讨厌感觉，只是不断被每天规律的生活淹没。我们纳闷着：在有如驴子推磨般的日常生活以外，会不会有个更别出心裁的生活在等着呢?

## 驴子推磨似的生活

这种事我们做过。

7年前，我跟女友丽贝卡住在曼哈顿下城区。她在一家新创的小公司上班，我则替《新闻周刊》撰稿。我们上班的时间都很长，日子在不经意中流逝，每周我们都向固定的几家餐厅叫外卖，去固定的酒吧，跟固定的朋友消磨时间。

我们过得很舒服，却一直甩不掉陷进泥淖的讨厌感觉，只是不断被每天规律的生活淹没。我们纳闷着：在有如驴子推磨般的日常生活以外，会不会有个更别出心裁的生活在等着呢?

我们向对方挑战，看谁先跨出不按牌理出牌的第一步。

“辞掉工作，开车去阿拉斯加州好了。”我们会这样开玩笑，随着玩笑话越说越频繁，戏谑程度越来越低，渐渐地，我们似乎忘了那只是个玩笑。

就在春天的某个日子里，我们开始了行动，在朋友和同事的惊讶声中（有些人一边羡慕一边厌恶自己），我们辞掉工作，卖掉各自的所有物，跳上那辆老旧的本田汽车，出发了。

我们来到弥漫灰尘、名不见经传的小镇，把车停在路边。这个星期二的下午，在破旧的酒馆喝得大醉；在奥斯汀市一条摇摇欲坠的长廊里抽大麻，跟一个老朋友异口同声大笑；在巴西的南大河州露营，发现一群鲸鱼在加州海岸边；之后又出于不明原因，在盐湖城待了一整个星期，我们从不知道第二天晚上会在哪里睡觉。

几个月后的某天早上，我们醒来，看了看四周，发现自己身在阿拉斯加州。我们实践了这个挑战，灵魂更为丰盈，而且不怀一丝悔意。可悲的是，当时我们已经没钱了，一贫如洗加上可怕的阿拉斯加州的冬季让人思之生怖，我们只得满怀悲伤地承认，是时候重新回到文明社会了。让本田汽车掉头，踩下油门，闯进了交通繁忙的I—95公路。

我们把东西都装上车，准备长途驾车东行，在我重重关上后车厢，结束这曲田园牧歌时，我眺望着太平洋沿岸冰冷灰暗的山丘，犹豫了一下——我发誓，山丘似乎也正在望着我。当时我心想，要不要回头，就这么一直往前走，不是很棒吗？

7年后，年过30岁的我们，安于华盛顿特区里的舒适生活。我在家上班，替几家杂志社撰稿，丽贝卡念完法学院，现在在市区一家吃人不吐骨头的公司当诉讼律师。我们向另外几家餐厅叫外卖，在另外几家酒吧喝酒，跟另外一群朋友消磨时间。

舒适和规律再一次把我们困住，公寓里有精致的家具和装框的照片，有着各式额外功能的有线电视，还有无线上网和人造卫星广播。

无论从哪个角度来看，一切都没什么可挑剔，没有财务危机，没有衷心的渴望，没有病痛，要是令人麻痹的电子娱乐吸引不了我，那么还有各种令人沉溺其中的事也能伴我度过每一天。

可是，我又开始有那种讨厌的感觉：觉得生活缺了什么，缺乏探险和随性。越想越觉得坐立不安。

《白鲸记》的前几段中，陆地上的伊斯梅尔想回到捕鲸船上时曾说："只能靠强烈的道德原则来阻止我故意步上街头，想办法弄掉别人的帽子时——我就认定该是尽快出海的时候了。"

我猜，现代的帽子跟梅尔维尔（《白鲸记》的作者）那个时代铁定不同，但我仍然不怀好意地盯着别人的帽子看。在人满为患的全食超市（美国最大的有机食品超市）推着购物车，或是看着穿西装的人在酒吧里对着黑莓手机按键时，我都有股突如其来、无以名状的愤怒，想要逃离眼前的一切和所有熟悉事物的念头，热辣辣地窜过我的皮肤。

与此同时，丽贝卡的工作也遇到难关。她一念完法学院就去这家公司上班了，3年来却只有长长的工作时间和少少的休假。当一位法律公司助理，过着每周工作70个小时的生活，迟早会让任何有头脑的人崩溃（是的，还是有"有头脑"的律师的）。

当然，社会大众对像丽贝卡和我这样30岁左右，还在为事业打拼的人有明确的期待。我们应该买栋房子，开始生儿育女。跟朋友交谈的话题也要不知不觉变成房地产、怀孕、孕期维生素和哪里有优良的小学。

这些都是可供日后参考的好点子，但牵引我们心头热血的却是其他事。我们不急着跳进社会大众认可的深沟，深沟两侧的高墙会引人顺利进入为人父母和房贷当中。我们只想手脚并用地爬出深沟，拍拍身上的灰尘，望着下方，露出欣慰的微笑，然后走开。

就在这时，丽贝卡眼中闪起熟悉的狡猾光芒，冒险行动又开始了。

“辞掉工作，去搭渡轮吧！”我们开起玩笑，玩笑话越说越频繁，戏谑程度越来越低，又一次，我们发现自己其实不是在开玩笑。

讨论过后，我们下了一个结论：不值得为一趟毫无目标、浪费时间的小插曲而颠覆原本的生活。例如为了在中美洲海滩上悠闲度假，直到觉得无聊为止。因为（虽然我承认这种计划其实挺诱人的，有吊床、大麻烟和夕阳）丽贝卡不是个能够无所事事、纯放松的人。她一刻也不得闲，而且行动力超强。

“就像我脑子里有上百万只活蹦乱跳的小白兔。”她这么形容。

写到这儿，似乎很适合提一下，丽贝卡是个神经病，虽然神经程度只有一点点，但绝不是完全没有。不仅她自己承认，任何认识她的人也会承认，他们会闭上眼睛，呵呵笑着点头。

我就爱她这样，当初就是因为这一点，我才被她迷住的。但如果旅行没有个计划和大略定出的目的地如阿拉斯加州，那么各种模糊可能性组成的嗡嗡声就会让她的脑子当场抛锚。

相信我，这件事无论如何都要设法避免，尤其是我即将跟她一起旅行好几个星期。

何况我们生活中所缺乏的并不是无须动脑、懒散又无所事事的海滩假期，我们享受过的闲情逸致已经够多了，现在我们渴望的是新鲜和挑战，能让人摆脱一成不变的窠臼，抖抖身子振奋起来。

于是我决定，应该去环游世界。

## 不搭飞机，环球旅行的计划

环游世界本身就带有浪漫的成分，在全球化让另一半地球给人近在咫尺的感觉以前，环游世界还是冒险家梦寐以求的任务。即使是现在，环游世界虽然没以前那么困难了，但真正要实现时仍会给人一种喜悦和绝对的成就感。

当然啦，我们不会是第一个环游世界的人，第一个……嗯，可算是麦哲伦吧！他在1519年离开西班牙往西航行，来到了菲律宾群岛；1521年，他因想让土著居民酋长改信基督教而被杀（有经验的旅行者都知道，绝对不该跟当地人争论宗教，太没礼貌了嘛！麦哲伦，你到底在想什么？）；1522年，麦哲伦旗下5艘船中的一艘，在饱经风浪之后，终于返回西班牙港口，于是船上的18位船员成为第一批成功环游世界的旅行家。

从那时候起，数不清的人也陆续完成了类似的壮举，要是那样还不满足，有人甚至幻想出难度更高的环游世界方式：单人航海、中途不停也不加油的环游世界飞行、热气球、用脚踩的滚轮溜冰鞋和踏板船远征。

毋庸置疑，最有名的环游世界旅行从未真正发生。1872年，凡尔纳的《环游世界八十天》首次在法国报纸连载，描述了英国绅士福格大胆鲁莽的旅程。在精心布局的故事中，福格跟朋友打赌两万英镑，说他能够在80天内环绕地球一周，返回伦敦。

受到该书大为畅销的鼓舞，记者娜丽·布莱（Nellie Bly）也想复制福格的虚幻旅程。她让书中主角从1889年的纽约出发，在马不停蹄的72天后回家。72天环游世界一周，这个速度已经很不错了，却没有2005年双体船水手的速度快（50天），更不如1995年协和式超音速飞机环绕地球一圈的时间快（31个小时，包括中途停了几站）。而且跟1961年苏联太空人尤里·加加林（Yury Gagarin）搭太空船环绕地球一周后回到苏联大陆的时间（108分钟）相比，更是慢得像蜗牛爬。

丽贝卡和我计划环游世界的速度要比加加林慢（而且不进入太空），但比麦哲伦快（也不要被什么酋长杀死）。我们不是想打破世界纪录，只想做一件日后想起来能感到骄傲的事，一件与我们的职业与成家立业无关的成就，一件与众不同、我俩独有的事。

我们订出两条基本规则：一是要横跨每条经线，还要加上赤道，这样才算是环游世界；二是我们不搭飞机，绝不！买张环游世界机票然后去搭飞机，又不是多么困难的事，而且更重要的是，我们鄙夷飞机和飞机所代表的一切。

搭飞机就像按下了旅程快转键，当然，这项能力有时候是挺有用的，能让我们到芝加哥出差而且当天来回，或是去新西兰度假两周，但这样的旅途总是少了些什么。

凡尔纳写《环游世界八十天》时，世上还没有飞机，福格的经历等于是在歌咏一趟刺激且充满可能性的旅程。凡尔纳写道：这是史上头一遭，人几乎只靠商业运输环游世界一周。现代化已征服了地球。

但如果汽船和铁路让世界变小了，那么飞机铁定让世界缩得不成模样。1988年，在福格轻松领先一百多年后，麦可·金斯里（Michael Kinsley）后来成为我在《Slate》杂志社的第一位老板，更为旅游杂志《Conde Nast Traveler》写了一篇文章，题目是《环游世界八十小时》，探索搭巨型喷射机旅游的可能性。

麦可飞去印度，下机一个小时，再飞往加德满都，下机一个小时，如此类推。但这种旅游毫无见闻可言，根本是闹剧一场，谁会乐在其中呢？全是旅游的种种麻烦，几乎得不到任何回馈，简直像遭受3天的酷刑。

“我讨厌飞机。”保罗·索鲁（Paul Theroux）在《老巴塔哥尼亚快车》中这么写道，说明他为什么希望能搭火车从麻省一路到南美洲最南端（他在旅途中有两次不得不搭飞机，一直后悔莫及），“只要我在飞机上，忍受着震耳欲聋的嗡嗡声和飞机上独有的那股冰冷窒闷感，就老觉得下方的陆地多彩多姿又美妙，而我却体验不到。”

我还记得第一次在飞往日本途中经过极区的情景，我从35 000英尺的高空看着下方阳光灿烂的冰层，想象着下面的风吹起片片雪花，浮冰在我脚下被踩得咯吱响，然后我看着飞机单调的机舱，只听到空气过滤器的嗡嗡杂音。

讨厌飞机有成千上万个理由，就我个人来说，每次走下飞机空桥时，我都觉得头昏脑涨，好像头的前方被烘成了易碎的空壳。当然还有时差，你的身体清楚认定它不适合在这么短的时间里跑这么远。此外，索鲁写那段长篇大论的时候，绝对没料到“9·11”

事件过后的安全检查有多麻烦、多羞辱人！要被安检人员搜身，质问，把液体装进塑胶袋，还要脱鞋子，解皮带，商旅人士排着队，脸上尽是恶徒登记进入郡立监狱时的愠怒屈从表情。

登机之后的可耻事情还多着呢！窄小的座位、枯燥的机上电影，航空公司甚至开始要你付款才能使用各种设备，因此你掏出现金买廉价的耳机或干扁无味的火鸡肉三明治。

至于飞行本身也不再是浪漫的事了，只有幽闭恐惧症、哭闹的婴儿、讨厌的邻座乘客、爱东问西问的退休妇女跟大声嚷嚷的醉汉，大胖子的腰臀赘肉还会从座位扶手的下方挤到你这一边来。

对某些人来说，飞行纯粹是恐怖体验。要是丽贝卡搭飞机上了高空，她会簌簌发抖，无法动弹。有一次，我们一起从德里搭飞机起飞，高高飞进喜马拉雅山脉。山间的降落跑道弥漫着雾，从雾中看去只有嶙峋的岩石，距离我们机翼的尖端似乎不过几英尺。丽贝卡以气压钳般的强劲力道紧抓我的手，灌下两品脱的苏格兰威士忌和三倍药量的镇静剂，光是为了她这条命，我宁可不再搭飞机。

也别忘了飞机对环境的冲击，飞机燃烧大量不可再生的能源，将煤灰和二氧化碳直接排放到大气层内，光是一年飞个几趟就足以摧毁绿化地球的美意，而且机场还是吸引人潮、噪声污染，甚至可能是地下水污染的元凶。

撇开这些事不谈，还有一个更深层的因素。在我看来，搭乘商务喷气机根本称不上是旅游呀！那只是让人从甲地穿梭到乙地的办法，人在空中的整段时间都在等降落，而且之后只会因为要抱怨气流或是邻座那个鼾声超大的家伙才会提起这趟飞行。旅程本身什么都不是，一片空白，是让你略过却不体验的手段，但人只有在体验的过程中才会遇上真正探险的喜悦、悲哀、意外发现和灾难。

几年前，丽贝卡和我可能会在茶几上摊开一本大地图来计划旅行，现在我们都用Google Earth了，这个了不起的电脑程式让你在荧屏上旋转地球模型，想近距离放大地看哪个国家、区域或是街角都行。

这东西实在太方便了，但后来我们也发现，这个办法有个重大危险：在12英寸的笔电荧幕上，什么看起来都近在咫尺。

有一天晚上，丽贝卡和我并肩坐在沙发上，食指跟着那道跳房子般的路线在画面上移动。

“好，我们可以去这里……然后这里……再到这里。”

好耶！看起来好容易。后来我们才发觉，这段草草计划而成的路线横跨了近1/4的地球，还直直切过戈壁沙漠的中心。

看来我们必须先回答几个基本的、平常很少人会问的问题，如：从新加坡出海到斐济要多久？或者换一个问题好了：骆驼在不毛之地走上50公里，身上驮了两个人、15加仑的水和一个帐篷，可以走多快？

幸好，丽贝卡是旅行后勤的天才。她熟知各种程序，而且行动力超强，要是你的班机被取消，所有人都困在积雪的机场，又没有出租汽车，她就是你旁边那个冷静地对手机低声说话，雇来一辆马车和一组健马的人。她这个天分让我信心满满，相信我们可以面对任何困境。我决定不先订出详细的旅行计划了，只知道我们要搭船横跨大西洋，然后搭火车横越俄罗斯。时机似乎掌握得不错。因为这样我们就能在夏季结束前进出西伯利亚（据说，西伯利亚的冬天可不是你会想待的地方）。那之后的一切，包括路线、目的地、行程、订旅馆，全都留白，我们会骑驴找马，一点一点地打造出这段旅程。

## 退掉房子，简装出行

下一步：打包。

丽贝卡和我对这件事都有强烈感触，我们都很不屑那些背包客，他们的超大背包下低于膝盖、上高过头顶，后面还用登山钩挂着零碎杂物。只要走过东南亚的任何一个背包旅游区，你一定会看到那个被晒伤的疯子，身边吊着一根迪吉里度管[①]（Didjeridu）。走到哪儿，哐啷声就响到哪儿。我们不想当那个人，因此我们几乎走上另一个极端，比赛看谁带的东西最少。有一次丽贝卡甚至口出狂言，说她环游世界时，除了午餐盒以外什么都不带。

最后，我们决定用小背包，不比爱念书的大学生能背去图书馆的那种包包大多少。我在我的背包里装进最少量的衣服，包括3件内衣（假如我想继续当丽贝卡的朋友，这3件就必须经常清洗）。打包时，我把大部分的心力花费在寻找完美的鞋子上，这

注：①迪吉里度管：一种长笛，为澳洲北部土著居民的传统乐器，竹制，长度约1米。

件事花了我一整周，要走起路来舒服，但又不要太丑，这种组合实在够难找。有了这双鞋之后，再加上几件衬衫、两条裤子、一件轻便的雨衣、一双拖鞋和一件泳衣，应该就足以囊括各种可能了。毕竟《环游世界八十天》的主人翁福格也只带了“两件羊毛衬衫和三双袜子”，外加一件雨衣和一条“旅行毯”（天知道那是什么的）而已。

至于丽贝卡的背包呢，她带的数种器材甚至比衣服还多（这就是遗传了，别人庆祝金婚和钻石婚，丽贝卡的爸妈却庆祝电子产品婚，而且年年如此）。她带了一台灌满了歌曲的小型MP3播放器，一架短波收音机准备收听新闻广播，一台手持式卫星定位器，可随时追踪我们的正确经纬度，还有一个未锁的手机，以便途中必要时可插上买来的SIM卡。

既然行程和该准备的东西都差不多了，我们只剩一件事要办，也就是有系统地脱离生活加之于身的束缚。丽贝卡向公司提交辞呈，我则对几个编辑说我会远行一阵子，同样的，别人的反应从讶异得不知所措到毫不掩饰的羡慕都有。

我们开始去除身边各式各样的舒适羁绊。我们住的公寓不允许转租，所以我们就中止了租约。我们写电子邮件给朋友和同事：我们要去环游世界了，回来再见喽！我们打客服热线电话，等了好几“世纪”之久，只为取消有线电视服务、电话、网络和健身房会员资格。自动电话选单很少符合我们的情况，等到有线电视公司那电脑化的声音问起我们要搬去哪个地址，我说：“横跨大西洋的货船船舱。”电脑回答：“很抱歉，您的回答不够清楚。”我们请邮局把信件转寄给父母，也设定好自动转账付费。

不论是意料之中还是意料之外，数不清的琐事在等着我们处理，不少时候我们甚至觉得永远摆脱不了这一切了。我只好试着想象自己正在开阔的海洋中，咸咸的海风轻拂着我的脸。

住在公寓的最后一个晚上，我们开了个饯行派对，想把这里所有剩余的物品都清空，尽可能把东西送走。那天晚上快结束时，丽贝卡还把棋盘游戏和烤箱塞进微醺的客人怀里。第二天早上，我们把所有不忍心送走或丢掉的东西塞进储物柜里锁好，然后我把车子开到一条僻静马路堆满枯叶的转角上停好，把车钥匙交给几个朋友，朋友答应会好好看着那辆老爷车生锈，直到我们回来为止。

## 从华盛顿到费城，准备出发

那天晚上是我们成功环游世界归来以前，在华盛顿特区待的最后一夜，我们就近找了家小酒吧，跟几位最要好的朋友把酒道别。等人散去，就在朋友雅莉安家借住了一晚，因为我们没地方睡觉了。

第二天，走在人行道上，我下意识地摸了摸口袋，没有钥匙的感觉让人有点不安，我一直反射性地去拍空空的口袋，每次都虚惊一场。

我这才想起来，已经没有需要用到钥匙的东西了，公寓、车子、办公室都没了，我觉得无事一身轻，所需要的一切都背在背包里。

这是个晴朗的8月早晨，我们走向地铁站。上周我的生活还缺乏目标，但今天却带着怀有抱负的骄傲跨出每个步伐，那些在我们前面的人准备去上班，而我们呢？我们要去大海，横跨欧洲，去中国，去更远的地方！

我又想起索鲁在《老巴塔哥尼亚快车》开头的那段话："在穿梭的地铁列车中，有一个显然不是去上班的人，看他包包的大小就一目了然了，谁都能从那得意的漂泊神情中，一眼认出流浪者来：他嘴里似乎藏着秘密，仿佛随时会吹个泡泡出来。"

我们搭地铁到联合车站，转搭美国国铁（Amtrak）前往费城。旅程的第一段已经展开，我们在费城一家相机店买了一个望远镜，心想到了大海上或许会用得着。

那天晚上在旅馆房间里，我们看着电视直到进入梦乡，促销广告播着秋季的新型喜剧和剧情片，广告把我们淹没。等节目真正播出时，无论是在空间还是心灵上，我们已经在很远、很远的地方了。明天我们就会登上货轮，展开横跨大西洋之旅。

1

第一章

# 渡轮——美洲到欧洲

## 出境

在8月一个闷热的周五下午，我们搭乘费城公共运输系统SEPTA的通勤火车离开费城市区，往南沿着德拉瓦河前进。火车上挤满了提早下班度周末的上班族，我们把行李放入座位上方的行李架，在一个穿长裤套装、正在打盹儿的女人旁边找位子坐下。半小时后，我们在一个名叫艾迪史东的小镇下了车，月台上空无一人。

这是一个安静的郊区。铁轨左边是铺着木瓦屋顶的小屋和修剪整齐的绿草坪，家家户户门口挂着的美国国旗在风中飘扬，一辆冰激凌车在大街小巷中缓缓绕行。铁轨右边几百米外，荒废丑陋的大楼林立在德拉瓦河两岸，那里就是我们要去的地方。我们扛起背包，走上野草丛生的人行道。

才过了几条街，这里的景色就不一样了。我们进入一片滨水的工业荒地，这种地方一般人绝对没有必要来，而且只会在低成本动作片中的枪战高潮戏里才会出现：破败的仓库，一个名为“沫克斯”化学工厂的路标。这里放眼望去一个人也没有，只有几辆车体都退了色的十八轮大卡车隆隆驶过。

我们还没抵达河边，就看到马路尽头有个通往大型货运站的门。走近时，一位老先生从小亭中探出半个身子，向我们要护照，原来他是海关官员。他要我们拉开背包拉链，然后往里面随便看了一眼，便挥挥手放我们通行。

“你们要旅行多久？”我们走开时，他这么问。

“不确定，”我回头说，心里琢磨着这个问题。“看环游世界一周要多久。”

“不会吧？”他呵呵笑起来，“你们的行李比我老婆去度周末还少呢。”

我们的出境手续就这样结束了，简直像机场的相反版：没有离境休息室，没有美食街，没有免税购物，这里的宗旨是移动货物，而非照顾乘客。至于安检呢，货运站有一道拴着铁链的围篱，另外就只这么一个男人（而且他好像既没本领也没意愿刁难人）。我们不需要走过金属探测器，也不需要脱鞋、解下皮带，更没人没收我们的隐形眼镜药水，跟近年来大多数的航空运输中心那种让大批人挤在一起等候、践踏公民自由的做法大相径庭。

当然啦，马虎的安检措施也有缺点，要从这个港口走私违禁品肯定很容易，禁药啦、异国稀有品种的小猴子啦，甚至是公事包大小的核武器。

我们从警卫亭走向水边，跨过一大片凹凹凸凸、铁链钩环散满地的柏油路。附近的国际机场有几架飞机正在起飞，一架巨型汉莎飞机从我们头顶上方喷着烟飞过，这辆飞机肯定跟我们一样，也是要横越海洋的，但飞机和机上的乘客抵达欧洲时，我们的货轮可能才刚驶出德拉瓦河河口，准备进入大西洋呢。我忽然想到：身为一个热爱陆地的旅游者，我必须大幅调整对速度和距离的概念才行。

我们没有搭货轮的票，只有我在家里列印出来的一张纸条：上面写着船名“自立号”和货运站的地址，旅行社的人一再向我们保证对方会知道我们要搭船。

几十年前，我们根本不需要旅行社，那时候你可以直接去货运码头，说服（或是贿赂）别人让你登上货轮，只要说得动船长给个床位或地铺就好。你可能必须刷甲板抵船资，不然塞给船长一叠现金也行，但不管用什么办法，货轮在离港前接受载客都不是什么特别的事。

美好时光不再，搭便“船”的黄金时代已画上句号，时间大约是20世纪70年代中期。现在，要是没在几周前预约，根本不可能接近货柜船（除非你躲在货柜里面，但我可不推荐这个办法，因为你得忍受伸手不见五指的漆黑、蒸人的热度和窒闷的空气）。

《纽约时报》1994年的一篇报道就描述过一群来自多米尼加共和国的货柜偷渡客，文章的小标题是耸人听闻的《在肮脏铁柜里渡海三天》。偷渡客后来被水手发现，因为水手听到惊慌的吼叫和撞击声从甲板上方堆高40英尺的货柜中传来。

跟所有伟大的探险一样，只要一扯上律师，随性货船游就得中止。货运公司一致决定，基于广受重视的责任与安全问题，他们只有头壳坏去才会继续允许船长随机搭载乘客。打个比方，要是其中哪位乘客在海上忽然生病，急需医疗救助怎么办？这时如果船长改道航向最近的医院，就会延误货运时间，造成货船公司的财务损失。而如果船长拒绝改道，导致乘客死亡，那么就准备接受起诉吧！无论哪种情况，都不是货船公司想惹上的麻烦。

接着就出现货轮旅行社了，并在20世纪80年代蓬勃发展。旅行社的内行看法是：由于自动化提升，开船所需的人手减少，出海时就会有许多办公室空着。这些空着的舱房都有门，舱内空间也大，舒适的程度正好可以当成另类游轮促销。旅行社说服货船公司经营这项需要仔细规范的小副业来赚外快，将这些空舱房出租给追求另类旅游体验的高档游客，货轮旅游业于是诞生。

现在如果想搭货轮，你必须先通过货船公司认可的旅行社订位，签署厚厚一叠豁免弃权书，出示医生开立的健康证明以及涵盖医疗疏散的保险单。但如果你年逾80岁，就算办妥上述种种手续，还是无法获准登船。毕竟让那些患有关节炎、一把老骨头随时会散的人在湿漉漉的甲板上走，风险实在太大了。

货运站的角落有间作为管理室的小棚子，我们敲了敲门，一位满身油污的码头工人出来应门，果不其然，他的确在等我们。他把我们的背包抛上货车的载货箱，载我们来到几百米外的船台，虽然距离并不远，但这段路让普通老百姓走却不安全，只要拐错弯，可能就会被超速行驶的叉车撞上，或是被起吊机的钩子钩住。

这位码头工人停好货车，跳下车，从载货箱拿出我们的背包，然后又开车走了，我们身边是一道把太阳都挡住的巨型蓝色金属墙：那就是我们要搭的货轮。

## 搭渡轮起程

一般像那种又大、又白、航行在加勒比海的豪华游轮，登船过程是让上千名旅客在码头上排成蜿蜒的长队等候，一队游轮工作人员脸上挂着虚伪的笑容，衣服上别着式样繁多的肩章，把行李放上服务推车，拖到乘客的船舱里，等确定大家都安全上了船，就指出意大利通心面自助吧台的位置。

但我们这艘货轮没有那种服务，取而代之的是一名身穿蓝色连身衣、头戴橘色安全帽的菲律宾籍水手，要我们踩着架在船边的一道临时铁梯，手脚并用地往上爬100英尺左右。到了梯子尽头，我们跨过一道裂开的深沟，踏上了货轮的主甲板，在这里匆匆跟船上坐第一、第二把交椅的人员见了面——一个是德国人，一个是罗马尼亚人，他们都忙得没空理我们。接着水手带我们爬上一道昏暗的楼梯，通过密闭幽暗的走廊，走廊两旁是紧闭的神秘舱口。他对着一扇门指了指，点点头，显然，我们抵达要住的船舱了。

跟游轮上谄媚殷勤的工作人员比起来，我还是比较喜欢这种粗鲁的效率。事实上，丽贝卡和我还蛮高兴自己不是这趟旅程的主要焦点和目的的！要是在游轮上就不是这样了。我们的居住空间挺漂亮的，天花板高高延伸到船楼内，三面有窗，我们有一间含卫浴的卧室和一间专用的起居室，起居室里还有两张沙发和一张茶几（茶几当然是横放在地板上的，免得船颠簸起来时会乱滚），门外甚至有块写着“老板舱”的铜牌！既然这艘船是由汉堡启程，我免不了幻想有个大块头德国人突然冒出来，说这是他的房间，还要把我们赶出去。

窗外，我们可以看到货柜正在装载，之前就听说在船离港前会装上至少500个货柜，每个长40英尺、宽8英尺、高8.5英尺的货柜，从下方几百英尺的甲板，一直堆到我们舱房窗户下缘，货柜占地有一个足球场那么大，从船楼一直到船头。

我们走出房间，到栏杆旁好把这一切看清楚。装载码头上发生的事，简直像6岁小男生最天马行空的幻想：一整个舰队的大型交通工具，发出震耳欲聋的声音，每一辆都有特定的功能，那些车子一下子往前、一下子往后，拖着、抬着，打倒车挡时，安全信号还噼啪作响。

为了弄清楚整个过程，我紧盯着还在码头上的一个货柜：首先，一辆超大型叉车把货柜从地上抬起，放在一辆叫做运输车的平板拖车上。运输车把货柜运到货轮边，停在几架固定在港口的巨无霸起吊机下方。起吊机高高耸立在船身之上，在沿着码头而建、与货轮平行的轨道上滑行，这样起吊机就能向前滑到船头，或是往后滑到船尾，把货柜分别放在不同的行列上。

起吊机操作员高居我们上方，悬吊在一间小小的玻璃操纵舱内，低头看着那辆运输车。他调整着一根有四个方向的分量杆（我喜欢说是“摇杆”），跟货柜顶部的四角对齐，锁定位置之后就把那个货柜抬到了空中。这情景简直就像在游乐场里玩抓娃娃机，可以用机械爪夹起填充玩偶给女友的那种。只不过这位起吊机操纵员每一次都能拉起猎物，而且总有用不完的铜板。他厌烦地捶着控制面板，然后转身发现女友正对他翻白眼。

货柜被吊起、移到货轮上方后，操纵员小心地降低货柜，放到甲板上的同时，另一辆运输车滑了过来，车上已经装好了准备放上货轮的另一个货柜，正不耐烦地等着被起吊机发现。

有经验的起吊机操纵员，每小时可以装载25~30个货柜，或每隔一分钟装好一个货柜。今天有3架起吊机同时工作，外加运输车和叉车的合作，场面就像一曲搭配无间的芭蕾——只不过被优雅地举到空中的不是四五十公斤重的女伶，而是35吨重的金属柜。

码头上的和谐动作重复着，一次又一次，持续了几个小时。我们看够了之后回到舱房，打开背包整理物品，接着进入梦乡。

差不多在半夜时，我被货轮启动引擎的声音吵醒，感觉推进器正把我们推离码头，螺旋桨开始转动，速度越来越快，在一阵轰鸣声中，我们驶进了德拉瓦河。

第二天早上醒来，从窗外可以看出我们已经通过河口，进入宽敞的大西洋。我们离岸边还不太远，附近来往的船只挺多的，有的货轮朝我们驶来，有的超越我们而去。

我们咚咚咚地下楼，去军官食堂吃早餐，在那里遇见了船上的另两位乘客。这对退休夫妻是蒙特瑞人，年纪都七十好几了。法兰克说他以前干过工程师（以及其他职业），但四十几岁时从激烈的竞争中退出，改当作家。他依旧风采迷人，有个又直又挺的鼻子和高高的额头。他妻子黛芬妮是大学教授，曾拿老鼠当实验对象做基因研究。她本身也有点像小老鼠——个头小、可爱、脸尖尖的。她像少女那样，把一头白发用几根发夹别住。

法兰克和黛芬妮要去欧洲参加一场婚礼，要花上一个多星期才会抵达，但他们不赶时间。

“除非真有必要。”黛芬妮说，“不然我们绝对不搭飞机。”

“空中飞行以前是挺美妙的。”法兰克说，一脸留恋的表情。“但却被破坏了，那些人在设计给300人乘坐的飞机里面装进500个人，挤得不得了，空气循环系统运转不良，所以你才会被那个小孩传染感冒。”说到这里，他的大拇指往肩后一指，假装47G的座位上有个鼻塞的小顽皮。

他们想过搭“玛丽皇后二号”从纽约去欧洲（该船仍有横越大西洋的航班，不过冬天时就会在加勒比海附近晃荡），但后来又觉得这样不像他们的作风。

“那只不过是艘游轮。”黛芬妮说，“我们觉得搭货轮一定非常有趣。”

坐船上第三把交椅的是一个总是笑脸迎人的菲律宾男人，名叫奎格里欧。早餐后，他带我们这4位乘客到主甲板，开始用结巴的英文说明规定的安全讲习和各种紧急逃生程序。

首先，他示范如何使用人手一件的“浸水衣”，这种厚料子的合成橡胶连身衣要罩住我们的衣服，里面附有一件救生衣、一把闪烁呼救灯和一只口哨。如果发生不幸状况，我们必须跳进冰冷的大西洋，周遭又没有救生艇的话，这件衣服就能维持我们的核心体温。

这种衣服就像小孩子穿的连身睡衣，蓬蓬的，可以保暖，是鲜艳的橘色，以便让空中搜救的人轻易发现。黛芬妮赞美着浸水衣，口气却颇为怀疑，我想象她娇小的身躯在浪涛中上下起伏、等候救援的模样。

做完浸水衣说明后，奎格里欧说起船上的警报信号，每个信号都有特定的含义。第一种汽笛声响就代表紧急状况。

“比方说船要沉了。”奎格里欧婉转地说。

如果我们听到这个信号，就应该到集合站集合（如果那时集合站还没被浪头打掉的话）。

第二种汽笛声响代表火灾，这种时候，我们一样该到集合站集合（如果那时集合站还没着火的话）。

第三种也是目前为止最有意思的一种汽笛声响，代表有安全状况。

“比方说有海盗。”奎格里欧说。

我问，要是有海盗劫船，我们是否该到集合站集合。

“不行！”奎格里欧说，“待在自己的舱房，等候船长的广播说明。因为海盗可能就在集合站上！”

安全讲习结束后，奎格里欧带我们参观船内，让我们熟悉楼层配置。其实也没什么好说的，位于船后方那多层的高建筑名叫船楼，支撑着所有居住舱房和船桥，是所有人吃饭、睡觉和操纵这艘船的地方。

船楼前方是一望无际的成堆货柜，里面装了什么船员毫不知情。如果货柜中有冷藏物品或危险化学药剂，那么船长会接到通知（冷藏货柜由一名船员，即“收帆员”负责，好时髦的职称啊）。否则，这些密封货柜的内容物就只有天知道了，可能是蓝色牛仔裤、古董车，也可能是废铁。由于船的上一站是维吉尼亚州的里士满，最合理的猜测就是货柜里装了烟草，但我们也没办法肯定就是。货轮船员不会打开货柜，也不会问问题，只会设法把东西准时运到目的地。

奎格里欧带我们从船楼走到船艄，船身长550英尺，因此花了好一段时间才走到。我们从栏杆和货柜堆旁的一条窄廊中走过，货柜堆的金属结合板随着起伏的波浪移动，一面发出嘎吱的呻吟。

最后我们抵达一片开放的小甲板，约有壁球场那么大，夹在船艄处。这里叫做“艏楼”，但基于不明的航海或历史理由，要念成“叟娄”，而且要写成“首楼”。在这艘货轮尖尖的船头，前方和两侧的视野都不受阻隔，能看到大海，同时也有完全的隐私。船楼内没有一个人看得到你，因为后方高高耸立的货柜堆挡住了他们的视线，而且距离引擎够远，因此只会听到船身在水上航行的声音。

“我要在这里消磨时间。”丽贝卡说。

我们计划带着防晒油、书和望远镜，在这里待上好一阵子。正如我们第一天在海上就学到的：货轮上没多少事情可做，没有电视、网络、餐厅、酒吧或健身房，没有几个圈子的乘客可以结识，也没有规划好的活动可以参加。但是却有大量的安详和宁静。我们都已习惯了特区生活中的噪声喧嚣，手机铃声、电视上的聒噪不休，以及公寓外马路上高峰时间车流的喇叭响。现在懒洋洋地躺在首楼，我们所体验到的几乎是慑人的安静。

船上的那股与世隔绝也是最佳的电子资料勒戒所，让人欣然前往。我想不起来自己在今天以前，最近一次在清醒着的几小时内都没去查电子信箱是什么时候？丽贝卡、我和我们认识的每个人，全都对从不间断的网络资料和聊天上了瘾。但在这艘货轮上待一个下午之后，我发现我根本不想管收件箱里成堆的信件，或是常逛网站、部落格上的更新文章了。有什么关系呢？在大海古老的寂静中，这一切忽然变得微不足道。

至于船上的社交活动，程度是零。我们唯一会跟他人打交道的时间，就是每天跟法兰克和黛芬妮共进三餐（船员在另一桌吃饭，时间也跟我们不同）。他们虽然是一对可爱的老夫妻，却属于不同的年龄层，有时候我们都觉得需要想尽办法才能让双方的交谈跨越年龄鸿沟。

在白天的非用餐时间里，丽贝卡和我都并排坐在塑胶躺椅上，在太阳下看书，要是看累了，就逛逛船上空旷的地方，拿望远镜看海鸟，或希望可以看到海豚或鲸鱼，只是目前我们的运气还不够好，还没发现任何海洋哺乳类动物。

晚上，我们穿上毛衣，抵御傍晚带着咸味的寒意，星星在一片漆黑的天空中闪烁，没有会把夜空晕成一片乳白色的城市灯火。

过了第一天，在摇摆的船上平稳行走就已经不成问题了，也习惯了船缓慢、稳定的摇晃。事实上，在摇晃中睡着还蛮美妙的，我们在摇摇晃晃中进入梦乡。丽贝卡一直梦到自己在法律事务所的办公大楼中，而且那栋建筑还像波浪在起伏，档案抽屉滑开，架上的案例本散落一地，然后她醒过来，才想起这些事已经跟她无关了。

我们横越大西洋的路线会从北纬40度，接近新泽西州南端之处开始（这个纬度的其他地点还有葡萄牙和北京）。将大约呈对角线往东北，朝北纬51度行驶，途中会经过英格兰海峡（这个纬度的其他地点还有卡尔加里和俄罗斯远东）。

## 没有货柜运输，就没有整个全球化

这趟旅程中第一个视觉大航点很快就出现了，在海的颜色从单调的灰绿色转为一大片紫色时，有几片海草漂过——这是进入墨西哥湾流温水域的明显征兆。船员趁机用水泵把温暖的海水抽上来，注入后甲板上的一个小泳池，丽贝卡换上泳衣，跳下去游泳。所谓的“泳池”其实比较像浴缸，只比乒乓球桌大一点点。看丽贝卡在两头来回游泳，让我想起以前在经费短缺的动物园看过一只神经质的水獭，一个劲儿地在小小的水族箱里来回游动。

这天是星期天，船员不必工作，有几个人晒起了日光浴。电工工头是个名叫维托德的老波兰人，脱了上衣在船尾的甲板上做起保健散步。他穿着勃肯鞋和黑袜，挺着个大肚子，胸前长了片乱七八糟的灰色胸毛，还戴了一副全罩式镜面墨镜。

维托德经过我的躺椅旁，停步和我聊起天气，他预测整段航程都会晴朗无云。大西洋的夏天向来很平静，冬天可就恶名昭彰了。

“倒了揪月（到了9月），”维托德以低沉的喉音说，“棵能酒会企薄峰雨溜（可能就会起暴风雨了）。”

船上共有23名船员，却有6个国籍，船长是面无表情而且鲜少现身的德国人，据我了解，他跟每天的例行工作没多大关系，但如果船出了任何差错，他就要负全责。

3个导航员分别是德国人、罗马尼亚人和菲律宾人，真正驾驶这艘货轮的就是他们。菲律宾人就是我们已经见过的奎格里欧，那个罗马尼亚人则又是皱眉、又是咕哝地说，他宁可不要见我们。另外那个德国人名叫利可斯，感觉蛮友善的，我想他是最可能跟我合得来的船员。

4个引擎室船员包括一位俄国人、一位乌克兰人和两位波兰人，他们总是待在一起，自成一个小圈圈，不跟导航员打交道。除了维托德以外，其他人似乎只会说一点点英文。

最后还有15位水手，各有如“上油员”或“擦板员”的职称，大多时候都在甲板下方，这些人清一色是菲律宾人，海上的货柜船的水手多是如此，不管该船船长或船员是什么国籍都一样。就像爱尔兰警察或犹太宝石学家，菲律宾水手也成了一种种族职业刻板印象，我问过的人里面，没有一个能告诉我为什么会这样。可能的解释是：一是航海知识深植于菲律宾文化中；二是他们工资低。

我选在这段旅程中阅读的书是《货柜》，描述货柜运输的历史。作者马克·勒文生（Marc Levinson）认为，大家都忽略了影响全球化的关键因素也包括货柜。我对封底的宣传文字很感兴趣，上面说：“现代货柜改变了我们的生活，其方式仅次于网际网络。”书上还说：“要是没有货柜运输，就不会有全球化、不会有沃尔玛百货，甚至可能不会有高科技。”

在货柜运输开始以前，装载一架货轮就像是想办法把乱七八糟的图片拼凑出来，无论是一堆木材、一袋谷粒、一整块乳酪或是一批自行车，每样东西都得徒手运上船舱。这项工作由众多码头工人负责（请想象马龙·白兰度在《岸上风云》中的演出），用钩子、栈板、滑轮、叉车和苦力把货运上船，装好一艘船可能需要花好几天，码头工人有时还会趁货还在码头的时候下手行窃。

20世纪50年代时，一位货车运输巨头麦尔肯·马克兰（Malcolm McLean）开始想象一种新系统。他想驾驶十八轮大卡车到港口，在卡车的拖车上装满货物，卸下卡车车轮和轮轴，放上船，然后让这艘船航向另一个城市，好避开美国愈来愈拥塞的高速公路车流，最后再把拖车卸下，放在终点等候的十八轮大卡车上。

1956年4月26日那天，他真的这么做了。在马克兰的监督下，一辆翻新式样的邮轮（名叫“理想X号”）在纽阿克港口装上了货物，装载过程并没有花上3天，只花费了8小时，由一架起吊机把拖车吊上甲板。“理想X号”在装货当天启程，抵达休斯顿后再把堆叠起来的拖车卸下，整齐地放在等候的卡车上。

根据马克兰的计算，若和把散装货物装上类似大小的货轮相比，他的货柜系统能把成本降低到3%，省下来的大部分是人力支出，港口工人可以改成起吊机操作员，而且使货柜遭窃的可能性也降低，因为货物都锁在箱子里，而不是暴露在栈板上，同时整个流程也快多了。

“理想X号”的处女航大大成功，促使货柜运输在世界各地的港口兴起，为求全球使用方便，货柜的规格最后统一了。现在，几乎每样东西都是货柜运来的，四下看看自己的家里吧！你看到的东西里，可能超过90%以上的东西都曾经在一个40英尺长、波纹状的金属柜里待过。

马克·勒文生认为，要是没有货柜运输，全球化根本不可能发生，因为货柜大幅降低了货运成本，货品不再需要在邻近贩卖地之处加以制造或组装，工厂和仓库可以远在世界任一角落（不过最好是在劳工法宽松、容易剥削工人的地方啦）。

## 参观整个货轮

我们在海上的第四天，发生了超级令人兴奋的大事。早上，在距离纽芬兰大岸滩不远处，我们看到一只鲸鱼从港口一侧跃出水面几百米 （待丽贝卡的望远镜一离手，我赶紧拿来凑到眼前看，但那只鲸鱼当然已经消失在海面下，再也不出来了，丽贝卡大笑） 。同样令人兴奋的是在当天下午，我们受邀参观之前拒人于千里之外的引擎室和船桥。

肥肚电工维托德带我们参观引擎室，他穿着一件污渍斑斑的破旧连身衣，衣服怎么看都不像在船离港后曾经洗过的样子，拉链开到胸口，露出毛茸茸的胸毛。他要我们戴上隔绝噪声的耳机，但当他凑近想让我们听见他说的话时，那股口臭和体臭实在叫人不敢恭维，这辈子我恐怕都忘不了那个臭味。

要进入引擎室，得先跟着维托德爬下看似无止境的楼梯和梯子，越来越深入船的深处。在往下走的同时，我们开始觉得引擎的嗡嗡声穿透脑袋传来，最后终于抵达引擎室的门口。

“欢应（欢迎）！”维托德开心地喊，同时打开舱门，一股热流和轰隆声传出。“者是音擎（这是引擎）！”我们一走进蕴藏控船巨兽的这间双层舱室，他就这么喊。

这艘货轮的引擎囊括7个汽缸，大小相当于有4间卧室的大平房，除此之外，就跟你汽车上的引擎差不了多少。驱动轴转动的不是轮胎，而是货轮上唯一的巨型螺旋桨推进器，而另一个小差异则是，本轮每天要耗掉152 000加仑（约600 000升）的燃料。

这间引擎室和由引擎推动的这艘船，建造于1995年，以货轮的年代来说算是很老的了，拥有这艘货轮的德国货运公司可能再过不久就会把船卖掉，而且很可能会卖给希腊船公司。

跟我聊过天的船员似乎都一致对希腊货运业有着些微的鄙视。“破铜烂铁”这个词不止一次出现在我们的对话里。

“响遮样的串可以用赏驶五撵（像这样的船可以用上15年）。”维托德说，“接着再被希腊人用15年！”

结束了船肚子之旅，我们往上爬了8层楼，来到船楼顶端的船桥，从这里的全景窗可以看到下方成堆的货柜，也可以看到各个方向的海平面。

目前负责看守的是一等驾驶员利可斯，他个子高、肩膀宽，是个结实如混凝土般的日耳曼人，剃得光溜溜的头上，点缀着一副时髦的无框眼镜。

利可斯开始导览，他先指了指船的方向舵，我以为会是木制马车方向盘之类的东西，上面有车床加工过的厚轮柄和亮晶晶的黄铜扣之类，结果这个方向舵却比一般家庭旅行车的方向盘还小，跟这艘船的大小简直不成比例。

此外，这方向舵还从来没用过。因为舵上有个杯垫大小的小刻度盘，嵌在舵前方的一个操纵台上，这个小刻度盘几乎负责了所有的操控工作。刻度盘上的数字从1到360，跟指南针上的刻度相符。只要把转盘转到零，船的自动导航系统就会往正北方行驶；转到180，自动导航系统就会驶向正南方。在辽阔的大海上，如果不需要避开船只或其他障碍物，船员通常会把转盘调到某个刻度，然后就不管了。

掌舵就跟驾驶一样，几乎已经变成全自动的，这艘船靠全球定位系统随时计算坐标，差不多淘汰了老式的海图、尺规和分度器。当然电脑也不是绝对可靠，利可斯说，全球定位系统网格由美国政府控制，他们可以随时把系统关掉，甚至蓄意置入错误，让你误以为身在另一个地方，为了以防万一，这艘船的船员每天都会用铅笔在航海图上画下航行路线，并且每天用六分仪做目测以确认位置。

撇开那可爱、过时的传统不谈，现代货轮驾驶员生活还是乏味的。他们每天孤单地在船桥上守望两次，每次4小时。利可斯负责凌晨4点到上午8点和下午4点到晚上8点这两班，在这段时间中几乎都在观测雷达，看航道上有没有其他船只，避免相撞，如果有，驾驶员就会有半小时左右的时间，用那个小刻度盘调整船行方向来避开。不需要值班的时候，他们就看书、看DVD、抽烟或是晒太阳。

这种工作是标准的“无聊多时、惊恐一刻”写照，因为大部分时候船都在自动航行。但如果一出什么状况，最好要能够很快地应付，因此最困难的挑战似乎在于保持警醒。

利可斯结束导览前，用一句肯定是老掉牙的笑话替这段演说作结："最后向各位介绍，我们最重要的一台设备。"他说着，指了指角落的一台电动咖啡机。

货轮上的生活也不是永远这么僵化和专业，商船上的水手也曾经都是放荡不羁的探险家。过去船只在风土大异的港口一停泊就是好几天，等着卸下和装上货物时，他们就把赚来的钱在当地酒吧或妓院里花个精光，然后赶在船起锚前，醉醺醺（或是更糟）地走回来。

现在有了货柜运输和自动化装卸，靠岸时间通常只有几小时，顶多能让他们在陆地上吃顿简餐或买几片新DVD，就又要开航，而且现在对毒品及酒的规定和执行也更严格。整体说来，现代的水手通常是一批沉着且技术熟练的人，不大会被公海上的浪漫情怀迷住。

航行的中途时段是一片混沌，没有路标，也没有休息站可以让人暂停旅途劳顿、判断旅程进展，一个钟头接一个钟头，夜以继日，货轮在咯吱声中破浪前进。

在海上，这艘船维持17.5海里的速度——合每小时20英里左右。现代的货轮一般不需要快速行进，免得消耗昂贵的燃料，如果哪家公司需要迅速而非廉价送达的货物，他们就会选择空运。

就算以陆地旅行者的标准来看，每小时20英里的速度都慢得令人发慌，打个比方，想象你搭公车要从西雅图到迈阿密，中途不停车加油、用餐或住宿，锁定每小时20英里的车速，差不多就是我们横越大西洋的情况了，只不过我们还得多走1000英里。

我们每天前进约480英里，根据丽贝卡的手持式全球定位器，这位置大约是纬度10度。在海上度过24小时之后，我们到了新斯科舍省以南；48小时之后，我们到了纽芳兰岛以南。食堂的金属墙上贴了张地图，上面有个小模型船的磁铁。每次吃饭时，丽贝卡会先跟黛芬妮和法兰克打招呼，之后就参考全球定位器，把小船移动个1/8英寸，小船在每餐饭之间的进展，可说是微乎其微。

如果天气都像目前为止这么晴朗，我们从栏杆往外眺望的能见度便可达20英里，因此以每小时20英里的速度，我们所看到的地平线边缘就会是一小时后抵达的地方。当然啦，令人气馁的是，那地方总是跟我们前一个小时看到的没什么两样。

根据我的计算，任何时刻我们都能看到1 250平方英里的海面，只是这块区域内什么都没有，从来没见过其他船只（我问利可斯为什么没看到其他货轮，他最后的结论是：因为海真的很大）。空中没有飞机或飞机飞过时拖曳出的一条凝结尾，因为我们并不在飞行航道之下，视野中只有空荡荡的海和空荡荡的天，夹着几许白浪和几丝白云。

## 难挨的大雾天

直到起雾。

前往欧洲的路过了一半，在大西洋中央近乎死寂之处，有天早上我们醒来，发现船几乎被雾笼罩住了，看不见栏杆30英尺外有什么，也分不出船头或船尾在哪儿，舱房外原本是一望无际的海洋，现在却只有步步进逼的一堵雾。

大雾从早到晚跟着我们，第二天也一样，雾加强了一种感觉，这点绝对正确——这艘船是个与外界隔绝的孤立世界，船上加我们在内的27个人都是这个孤单宇宙中的人口。忽然间，我们这艘小货轮让人大感幽闭恐惧了。

丽贝卡的头脑运作速度比一般人快上大约47倍，这对当律师的她很有益。但在无事可做，放眼望去只见一片灰蒙蒙的这里，就大大不利了。

“我一直幻想要偷溜上船桥，用力踩油门让船加速。”她说，“要是我能驾驶水上飞机以每小时200英里的速度，把这艘货轮拖去欧洲就好了。”

但她只能焦虑地在甲板上踱步，拿着一个小提袋，里面装着能让她分心的东西。首先，她取出那架短波收音机，把天线摆弄来摆弄去，想找英国国家广播电台的世界频道（没成功），接着她看了看全球定位器（是的，我们还在大西洋中央），然后又调起收音机（除了杂音外啥都没有）。沮丧的她只得借助于一本不知哪里找来的书，学起西里尔字母，为我们的终点站俄罗斯预做准备。

我打败无聊的办法则是尽可能在船桥上混时间，连珠炮般问一等驾驶员利可斯各种问题。他是个机警心细的人，而且似乎蛮喜欢有人做伴，也对我们要以陆路方式环游世界很感兴趣。即使在大多数环游世界的货轮上，船长和船员都从来没有真正马不停蹄地环游世界一周过，因为他们通常会在船航行一周以前就轮班，然后搭飞机回家休息。

既然除了看雷达荧屏上有没有光点（但是并没有）以外，雾中无事可做，利可斯就教我识别几天前丽贝卡和我发现的那只鲸鱼。船桥上有本绿色和平组织的参考书，在船撞上动物必须提报的时候用，我们就拿那本书学习。从轮廓图上来看，我们之前看到的应该是条露脊鲸[①]——这名字是因为早期的捕鲸人认为，猎捕这种鲸鱼是“正确”的。

因为这种鲸鱼被鱼叉叉中后会浮出海面，对捕鲸人来说非常方便（如果现在是1730年，大岸滩就会被捕鲸船挤满，我们这些哺乳动物朋友身上就会插着鱼叉，而不是让我们透过望远镜看了）。

利可斯也让我翻阅船上图书馆的几本操作手册，我迷上了书中登救生艇逃生的建议程序，手册建议船长在一开始就下令

注：①露脊鲸的原文是right whale，right在英文中也有“正确”的意思。

救生艇上的所有人对着艇外撒尿，显然，艇上乘客的紧张和缺乏隐私会加深，导致有些人尿不出来，最后会造成尴尬的卫生问题。

我们的船员朋友电工维托德也想了个办法帮我们对抗无聊。在一个慵懒的下午，看到我们快要想不出还能做什么事来消磨时间了，他邀请丽贝卡和我到他的舱房，浏览他收藏的DVD。

“箱结朵少都克以哦（想借多少都可以哦）！”他说着打开房门，领我们进去。

他的舱房小巧简洁，比我们的小得多，窗户对着海，房里有维托德的味道，我们花了一点时间才习惯，但这房间最醒目的一点却是用透明胶带贴在墙上的东西——一整排至少贴了十来张的上空女郎照片，每个都从不同角度目光炯炯地望着我们。我应该说一下，这些女郎不只是上空而已，还都是波霸型的，真正巨无霸的哦。

“我好像不该进来。”趁维托德翻出DVD收藏的时候，丽贝卡在我耳边悄声说。

但我们都没提那些裸女照，维托德在书桌上打开DVD本之后，停顿了一下，指着墙上的另一张海报，就在他书桌正上方。

“者史窝女儿（这是我女儿）。”他说，露出一个骄傲的微笑。

我们随着他的目光，看到一张丰满、双颊红润的年轻女郎快照。幸好，她穿有衣服。

虽然他女儿的照片是他房里唯一非色情的图片，而且在她微笑脸庞的两边都是丰满的肉体，维托德对女儿浓浓的爱依旧是毋庸置疑的。他说他女儿现年28岁，在英国工作，再过一阵子，等船在利物浦停泊几小时的时候，她会过来跟爸爸共进晚餐。维托德跟其他许多的货轮工人一样，出海一次就是4个月，因此只要有个短暂机会能跟家人见面就很开心。墙上的那张照片旁边贴了一张日历，算着再过几天可以回到距离华沙一小时车程的家乡。

我们翻着维托德显然是非法取得的盗版DVD，想找可以边等雾散边当娱乐的片子，大部分电影都是波兰语配音，因此对我们没什么用。维托德在DVD上用黑色签字笔写下主演每部片子的明星演员姓名，我们翻着翻着，归纳出两条定律：一是女性明星全都胸部丰满，这点不稀奇；二是维托德似乎不太会分辨非裔美国男星，应该说完全不会，因为只要有部电影的主角是黑人男演员，维托德的签字笔笔迹就写“丹佐·华盛顿”，不管那演员是不是丹佐·华盛顿。杰米·福克斯主演的片呢？维托德也写“丹佐·华盛顿”，威尔·史密斯演的呢？不，还是“丹佐·华盛顿”。

我们向维托德借了几部片子，当天傍晚就用船上联谊厅的电视看，这让我们舒服地分心了几个小时，但第二天早上起来——这已经是连着第三天了——窗外仍然是一大片又厚又浓的雾，我们再度被无聊感侵袭，那感觉简直像我们根本没有移动，牢牢被困在这片大雾里。

另一件让情况恶化的因素是我们的宠物燕子消失了，从费城开始，丽贝卡就注意到这只燕子，发现它在船楼一侧的裂缝飞进飞出。船停泊在港口的时候，这只小鸟一定误把船当成了家，我们出海后，它也跟了过来。

可悲的是，这可怜的小东西并不适合在海上生活，有时候我们会看到张开双翅的强健海鸥盘旋飞过，扫视着浪涛，潜水抓鱼，但每次我们的小燕子破缝而出向大海飞，却没多久就倦而归巢。我们开始担心，因为它在海上不可能找得到多少虫子吃，过去几天更是完全没看到它，海上没什么事情可做，因此我们对它的安危深深发愁。

但叫人难受到快发疯的还是雾，又浓又闷的大雾裹住了一切，让人没了感觉，心头发闷，而且没办法把雾驱散。

到了大雾飨宴的第三天傍晚，我们已经无计可施了，现在只剩一个万无一失的法子：大量的酒精。我们向船上的小卖部买了一瓶威士忌，这个小储藏室可让船员买烈酒和香烟，一小时内我们就吞了大半瓶，丽贝卡很快就睡着了，我呢，却不知干吗要耍笨，手里拿着所剩无几的酒杯，跌跌撞撞地走进大雾弥漫的夜里。

我带了短波收音机，原本希望能跟哪个广播节目做伴，但调来调去却只听到福音布道。我拔掉耳机，一声不吭地坐着，感到湿湿的雾拂上脸，一面听着海浪拍打船身的声音。

## 终于抵岸

就在我继续啜饮着让人胸口都暖起来的烈酒，进入愈来愈深沉的醉意中时，一个类似填写大学申请书之类的伤感念头忽然涌上心头。我们每个人都是一艘货轮，承载着不同的货物过活，我们可能会在中途的港口停靠，载一位新的爱人、伴侣或一两个小孩；在其他港口卸下宝贵的物品——搬家了的朋友、结束了的恋情、过世的父母。就算我们迷失在大雾中，都必须保持醒觉，不要成为悲剧船难的祸首，并且尽可能保障货物的安全。

最后你的船会生锈，再也无法出航。因此在这个比喻中，人的来生就等于被希腊船公司买下。

我们宿醉醒来时，却欣喜若狂。房间窗外是一片晴朗的蓝天。这是我们在海上的倒数第二天，雾已散去，阳光像美妙温暖的沐浴照在我们脸上。

丽贝卡和我冲到首楼尽情享受，不一会儿就发现自起雾后没看到的人烟，那是距离我们船头不远的一艘渔船，一大群黄头塘鹅飞在渔船后方，争相潜水抓猎物。

一个小时后，我们看到了更棒的东西，有陆地！港口那边是锡利群岛，那是位于英格兰西南角外海的一群列岛，现在附近的船只和鸟儿更多了。

然后是新手船员的终极奖品。我们正准备走向船尾去食堂吃午餐，丽贝卡却听到下方水上传来湿湿的鼻息声。她上身探出栏杆往下看，一群海豚正逐着我们的船头浪呢！有15只或20只吧，争相跳出水面，从喷水孔喷气，变换队形中的前方位置，为了捕捉这个画面，我差不多用光了相机里的存储卡。

到了晚上，船员全都带着各自的手机到甲板上了，我们离岸边够近，可以收到信号，这是他们几周以来第一次可以打个人电话。

第二天早上，也就是在海上的第九天以及最后一天，我们通过了英格兰海峡，左舷是多佛尔的白色峭壁，右舷是加来市，收音机接收到法国和英国的流行乐电台，海上满是帆船和各种船只。

傍晚时分，我们从北海的须德河河口进入，在靠近比利时和荷兰交界处，港口的领航小船跟着我们航行，我们放下一条绳梯，领航员爬上甲板，带着满腹对当地潮汐、急流和浅滩的详尽知识，引导我们这艘货轮安全地在河中航行，向安特卫普港前进。

在太阳下山前，我们的船停靠在安特卫普货运站的码头，起吊机立刻开了过来，准备卸下货柜。我也准备下船了，现在是该收拾行囊、把DVD还给维托德、向船上每个人道别的时候了，大家将各奔东西，在不同的道路上继续各自的旅程。

我想起哥伦布和他的船员，花了5周时间横越这片同样的海，不确定彼岸究竟会出现什么。他们的膝盖终于跪上巴哈马海滩时，一定非常欣慰吧！对他们的感受，我想我或许能了解那么一点点了。

当我们背起背包准备下船时，一阵熟悉的气味涌上我鼻端，清新如洗，我一时分不清自己在哪里闻过这味道，然后我想起来了，那气味是刚割过的草地，来自河对岸的一片草坪，那是陆地的气味。

去他的！飞机

2

第二章

# 西欧到东欧

## 可爱悠闲的安特卫普市

下了船，我们体验到一股（对这时的我们来说）崭新的感受：坚实的地面。船的摇摆有种独特的韵味，毕竟船身漂浮在液体之上，而我们已经习惯了流体力学时不时神来一笔。日常生活中，你不太会注意到脚下的地球是多么平稳，但如果你在摇摇晃晃的货轮上待了9天然后下船，就会发觉了。

货轮的船长很好心地早早替我们用无线电在岸上作了安排，因此码头上有辆计程车在等。司机是一位结实壮硕的男人，理个小平头，戴了一副全包式的墨镜。他双手交叉，站在车旁，紧身的短袖T恤下看得出二头肌在收缩。

我们一面走近，丽贝卡一面在我耳边说："他看起来好像尚克劳德·范达美哦。"

没错，他的确酷似那位世界知名的比利时演员兼拳击手，真没想到我们在比利时国土上第一个碰见的就是有该国最红明星脸的人。在我粗浅的估计中，最有名的5位比利时人分别是：范达美、雷尼·马格利特（比利时超现实主义画家）、鲁本斯（17世纪巴洛克风格画家）、丁丁和蓝色小精灵里的精灵老爸，但顺序不见得是这样啦。

安特卫普港是全世界最繁忙的港口，尚克劳德花了好久才终于从这个巨大港口绕出去。观察过费城码头装卸作业的我们，已熟悉了货柜运输的节奏，因此在我们看来，叉车和运输车的忙乱和嘈杂声并不算新鲜事，让我们大感稀奇的是速度。这辆计程车以每小时45英里的速度驶进一条长巷，两旁是成排林立的货柜，感觉好像我们被绑上了弹道飞弹，比过去9天的移动速度快了超过两倍。

我们的第一站是镇守港口的海关，按规定我们必须登记入境，盖个章，才能正式进入欧洲。护照窗口前大排长龙，排队的多半是其他船只上的商船船员，因此我们先在外头稍候，尚克劳德抽着薄荷烟，开口与我们闲聊。

我对我们待在比利时的这段时间几乎完全抱着正向期待，只有两点除外：第一，我预料至少会有一个人对丽贝卡油嘴滑舌，说些疯话——毕竟这里是高卢欧洲呀；第二，我预料会看到某些伊斯兰移民人士遭到轻微的仇视——毕竟这里是高卢欧洲呀！

但我没有预料到的是，我们竟然会在踏上这国家的前15分钟就碰到上述两件事，而且还是我们第一个遇见的人慷慨奉送的。

当来自南亚的一家人从海关走出来时，尚克劳德气愤地低声抱怨起“他妈的穆斯林”，说“他们很懒惰”，全都在“贩卖毒品”而且“明明买不起大车，偏要开着到处跑”，每个文化对其最下层的小团体都有罗列不完的罪名。

海关人员甚至没正眼看我们的背包（笔记：下一次搭货轮去欧洲时，记得带至少30公斤的古柯碱），就在我们护照上盖了章，然后我们回到计程车上，准备进入市中心。

一路上，尚克劳德展开一段对现代比利时经济的古怪介绍：“比利时的工业繁多，我们有化学工业。对了，”他说着朝后视镜中的丽贝卡怪里怪气地一笑，“我们做硅胶乳房哦！”

果然！油嘴滑舌的话少不了。

住进旅馆，放下背包后，我们开始探索安特卫普市区，原来这是个可爱、悠闲的城市，更棒的是，这城市充满中古世纪的奇异传说，正是来自美国小村的我殷殷期待的。

比方说，漂亮的河岸旁有尊雕像，是个名叫朗尔·瓦伯的神话恶人。我们的英文游客小册上说，他是水上巨人，通常在“肉厅”里睡觉，这位瓦伯先生喜欢恫吓醉汉，还有另一个比较不讨喜欢的嗜好是吓小孩。

市镇广场附近有另一尊雕像，是一个男人准备把一只齐腕而断的大手丢出去，这个姿势应该跟安特卫普这名字有关，安特卫普就是“丢手”之意，名称取自一个神话传说，有位勇士砍下了邪恶的怪兽之手，然后把手丢进了河里，但没人清楚他为什么这么做。

现在，安特卫普把这只断手塑像当成某种可怕的市政象征，你可以在市区的商店买到巧克力做的断手小纪念品；在红灯区，店头橱窗里放着许多黑色的橡皮模型手，手紧握成拳，仿佛准备一拳打进某个紧密的空间。我并不十分肯定，但我猜这些手可能都是在向这城市骄傲的历史致上强力的敬意吧。

如果安特卫普有什么事广为人知，除了以市民为诉求的性玩具以外，那就是钻石业了，每年世界上80%的未切割钻石（以及半数已切割钻石）都会来到这座城市。我们在钻石区闲逛着，经过展示闪亮耳环和项链的橱窗时，一辆装甲货车忽然从转角悄然驶来，车旁还站着4位身穿防弹背心、手持冲锋枪的男仆。

你是否曾被拿冲锋枪的人吓一跳呢？如果没有，那你真该试一次，真是令人精神大振哪！我僵在原地，眼睛直盯着那武器瞧，轻手轻脚地让到一旁，直觉地把手从口袋里抽出来举起，好让持枪的人看到。与此同时，有两个东正教的犹太人冷静地走过，腰间用铁链绑着沉重的行李箱，他们甚至连眼睛都没眨一下，看到自动枪支显然是这里司空见惯的事，一点都不值得大惊小怪。

## 反对飞机的真实原因

第二天下午，我们准备继续环游世界之旅，于是走到火车站想搭跨市列车。车上全是比利时的通勤人士和这些人特有的装扮，干净、闪亮的公事包，不停按手机按键的西装乘客，处处散发出效率。我们在布鲁塞尔下车，转搭将会让我们一下就抵达科隆的塔利斯（Thalys）线特快列车。

这段路上所用的塔利斯车头是法国制的TGV款型，TGV代表的是“法国高速列车（法语，Train a Grande Vitesse）”，字面上翻译则有“有很多速度的火车”之意。离开布鲁塞尔没多久，从丽贝卡那台全球定位器上的读数看来，有一次我们甚至达到了每小时185英里的刺激速度。

如果我们在安特卫普搭计程车的感觉像飞弹，这个速度就像流星，火车加速时，窗外的树模糊成绿棕色的一团，当火车进行曲速行驶，走道上的乘客都身不由己地随之摇晃。

可惜的是，塔利斯列车只在轨道老旧、行车困难的长程路段（那时车速最快也不过每小时六七十英里）以外，才偶尔来几下这种高速冲刺，就跟美国东北走廊半高速铁路雅赛拉（Acela）的半成功实验一样（不过塔利斯列车和美国国铁的相同点就只有到此为止了，比方说，塔利斯的餐车上备有种类繁多的精选食物和饮料，而不是只有3包洋芋片和一个快坏掉的火腿三明治，欧洲火车处理粮食真是熟练太多了）。

我们的目的地是罗斯托克，那是波罗的海沿岸一个有20万人口的德国城市，希望能从那里搭上前往芬兰的渡轮。现在来个陆地旅游小比较吧！从比利时飞往芬兰，搭飞机约需2.5小时，我们的海陆混合路线则要花64小时。我们会在火车上过一夜，在船上过两夜，而且睡的都不是真正的床，却可以体验到罗斯托克的魅力和波罗的海的美，而不是喷气机死气沉沉的内部装潢。

飞机能以比火车或船快上3天的速度载人抵达目的地，那么不管在飞机上有多无聊，都不难理解为什么有人选择搭飞机。飞机也比多数形式的陆路交通工具便宜，这点让决定过程更加容易。Ryanair是爱尔兰的廉价航空公司，最近对来回欧洲城市之间的票开出每张20美金的低价，这是在安特卫普的夜店喝两杯啤酒的价钱。

令人咋舌的类似票价使得Ryanair成为欧洲最大的航空公司，也是最赚钱的，该公司不仅把机票当成棒棒糖那样促销，还维持住比传统长途航空公司更高的净额利润。

很多分析家认为可归因于三项决策：一是Ryanair只飞一种飞机；二是他们只飞合作费用较低廉的二等机场；三是他们让人便宜买到座位，却额外收取其他一切东西的费用。

如果你带太多行李，或者不是事先在线上办理登机手续，而是到机场柜台才办，这家航空公司都会收取高额费用。等飞机起飞，机上空服员就卖起零食和刮刮乐游戏，此外，机上的内部平面贴满各式广告，赚取额外收入。

总而言之，Ryanair不放过任何一个节省预算的机会，他们的总裁有一次还厚脸皮甚至语带威胁地说，要向乘客收取机上厕所使用费。一篇《商业周刊》的报道替这家航空司取了“有翅膀的沃尔玛百货”的绰号，描述该公司的几项吝啬措施，包括“座椅无法后倾，以便塞进更多乘客，窗户遮光板已被取下，免得空服员花时间拉上拉下。椅背上的口袋也丢掉了，免得堆积杂物”。

虽然Ryanair在各地航空公司经营困难时成功获利，但这种拮据、卑鄙的手段似乎会成为未来飞机不可避免的趋势。对这件事我的意见是：我可不算在内，刚刚才在私人大包厢里横渡大西洋的我，想到要被赶进空中的拥挤牛车就让我浑身不对劲。

我不喜欢空中旅行的原因或许是基于舒适、美学和哲学宗旨，但也包括愈益重要的空中旅行政治学，欧洲的反飞机活动人士近来发言更大胆，态度也更强硬，最近还有抗议者在伦敦希斯洛机场扎营，一群自称为“飞机很蠢”的团体使得威尔斯一家空中巴士工厂发生经营混乱，这类反飞行的观点大多出于环保顾虑。

事实上，巨型喷气机燃烧大量不可再生的资源，即使是让飞机在登机门之间滑行都会消耗大量燃料（维珍航空曾试验把飞机拖上跑道以减少燃料浪费）。

一旦升空，飞机以每个月100万平方吨的频率将煤灰直接喷进天空。飞机是排放二氧化碳和氮氧化合物的主要来源，对温室效应造成巨大的影响。在伦敦和巴黎之间隧道来回的欧洲之星曾估计，一趟在这两个城市间的往返飞行会放出比搭乘火车还多10倍的二氧化碳，而且飞机是把二氧化碳直接释出到高层大气中，造成的伤害更大。

机场也成为环保人士攻讦责难的病灶。冬季时，让飞机除冰的化学药剂可能污染附近的水源，此外，机场通常建于远离城市的偏远地带，导致兴建新的高速公路，造成新的交通堵塞和新的都市扩张。相较之下，在市区建火车站却可能振兴城市住宅区。

多数旅游者忽略飞行对环境的影响，他们要不是没注意就是不在乎，不然就是拒绝不便利的生活。但越来越多的人觉醒了，有些飞行员尝试捐款给植树或参与其他生态维护活动的组织，借以抵消二氧化碳排放量；有些人则设法减少释出二氧化碳，办法是在自家附近度假。

只有一些勇敢的人，如我们的精神伙伴，才发誓只用陆路交通工具。一家英国报纸最近就推出一项旅游套装行程，标榜这刚萌芽的“陆上旅游”趋势。

“20世纪60年代的人不搭飞机，是因为空中旅游太贵。”《独立报》这么写。“现在，一群人数越来越多的旅行家不搭飞机，是因为这样旅行会伤害环境。”

无论是不是环保人士，你都可能会被迫遭遇一个没有便宜、常规飞行服务的世界。几年前，斯坦福大学的一位机械工程教授提出一个理论，认为我们所知的空中旅行将会绝迹。想想看，陆路运输都有确实、非汽油的动力来源了（汽车和火车已经可以用电力驱动），却仍然没人能找出让一大批喷气机以符合经济效益的方式飞行，而不消耗大量汽油的方法。

实验已在进行中，理察·布兰森（Richard Branson）和维珍航空似乎遥遥领先，但喷气机能否以保护生态且永续的形式运行仍不明确。重力是个难搞的顾客，而且永远不肯服输，要打败重力就必须燃烧大量能源。如果原油价格扶摇直上，而且没人想出如何以……嗯，比方说以蔬菜油当喷气机动力的话，飞行很可能变得跟早期一样，成为只有有钱人才付得起的豪华享受。届时，中产阶级只能在地面旅游，就不会是无法想象的事。时钟会倒转回距今不远的年代，一个由火车和船只称霸的世界。

这表示丽贝卡和我都是先驱者和历史重演者，我们的旅游方式跟古代人一样，也跟未来人可能会重复的方式一样。我们在地面旅游，其他人则在3.5万英尺的高空嗖的一声从我们头顶飞过。

## 尽力模仿欧洲人

我替这趟旅行打包时，大部分的心力都花在如何抹杀国籍身份上，这倒不是出于厌恶美国的心态，而是希望能够融入当地。因此我不能穿短裤、白球鞋配短筒袜，这种打扮不只够蠢，还会让人一眼就知道你来自北美洲。同样也不能戴棒球帽，或穿任何有知名品牌商标的衣服。于是，我准备的衣服全是单一、柔和色系而且剪裁保守的，选择的依据是以不惹人注意为准，就像隐形轰炸机能躲过雷达扫描那样。

我的伪装究竟有没有效，在科隆受到了第一次检验。我们从那里走下塔利斯列车，在等转乘火车的时候四处逛了一下，然后闲步走过车站外的一片大型公共广场，这时有个女人用德文问我现在几点。我一声不吭地把手表表面转过来好让她看见，她向我道谢，而且还是用德语。

在读这本书的你看来，这一刻可能既无聊又无足轻重，但在我看来，这可是令人深感满足的成就，我被人家当成是欧洲人了！我的伪装很成功！我已脱下国籍身份的桎梏，正在默默无名的日常旅游者之路上前进呢！

可悲的是，我都这么尽心尽力了，身上却还有一样东西是我永远无法完全改掉的，就是我那大步而行、邋遢随便的美式走姿。美国人好像都喜欢跨大步子走路，因为我们住在一个地大的国家，有的是伸展空间，因此也让四肢随心所欲地摆动。

欧洲人就不是如此了，他们喜欢矜持一些的姿态，双膝靠得比较近，手臂在身侧也贴得比较紧，两者相比之下差异就很惊人。我稍微练习了一下，已经能够在150米的距离外，分辨新旧世界的步伐了。

我们在夜班火车上预订了四铺位一间的车厢，但上车时，铺位上没有别人。于是我们用了上铺的两个床位，正准备安顿下来时，一位铺友来了。他把背包往其中一个下铺上丢，说他名叫史蒂芬，是杜赛尔多夫的警察。他身材圆胖，一头金发，二十五六岁，正准备去波罗的海的海边小屋跟朋友会面，度假一周。他脱了鞋，舒服地在铺位上躺下。不久，火车开始前进，他已经睡着而且开始微微打鼾。

丽贝卡和我隔空在各自的上铺悄声聊天，一面计算目前为止已经旅行的距离。我们今天从安特卫普起前进了140英里抵达科隆，等这辆火车明天早上抵达波罗的海边上，就多前进了330英里，再把这数字加进搭货轮渡洋所累积的4 000多英里，我们开始觉得有点进展了，然后才想到环游世界一周是2.5万英里。

忽然大为泄气的我，在铁轨的哐当声中渐渐入睡，等我在日出后醒来，史蒂芬已经离开了，他一大早就下车转接另一班车。我一面睡眼惺忪地从床上跳下，一面揉着眼睛。没多久，我们匆忙赶到车门，因为火车在上午8点驶进了罗斯托克站。

以陆路方式从比利时到芬兰有很多种方法：搭火车和巴士

是最显而易见的选择，不过这样就得绕波罗的海走一大圈。看着地图，有一个更优雅的办法就是直接切过海面。

就里程数来看，这当然也是到赫尔辛基最短的路径。我们认为搭渡轮也代表能享受船上宽敞、开放的大空间，不用挤在巴士或火车相对拥挤的车厢内。正是这个理由让我们来到罗斯托克，而且再过一会儿就要登上渡轮了。

说得清楚些，这“一会儿”是15个半小时以后，我们渐渐学到——而且毫无疑问会持续学到更多、更折磨人的细节——陆路旅游需要花上大把等待时间。在机场，从一架飞了4小时的飞机下来再转搭另一架要飞4小时的飞机，并不是什么大不了的事，但从开了10小时的火车下来（抵达市区火车站）要转搭准备航行36小时的渡轮（从该城一个偏远、荒僻角落的码头出海）就完全不是这么回事了。

火车和船的时刻表很少搭得上，这是其一，因为已经没什么人会这样旅行了，就算这两个交通工具的时刻表能够奇迹似的接起来，你也别蠢得相信会因此省下时间。如果你错过一班飞机，很可能再过一两个小时就有下一班可搭，你可以舒舒服服地在出境休息厅等候，但如果你错过一艘长程渡轮，下一艘可能要3天后才会出发，你被困在某个偏远、破烂的造船厂，完全不知道晚上要去哪里睡觉。

## 罗斯托克广场的“情色喷泉”

因此我们特地在罗斯托克预留了一些缓冲时间，盘算着可以在等待渡轮出海的期间，乘机欣赏这个城市的风光。

我们抵达火车站时拿到的观光手册上说，罗斯托克的市镇广场被当地人封为“情色喷泉”。我们大感兴趣，决定抄最短路线过去瞧瞧，结果那个喷泉很普通，只是周围环绕了各式嬉闹的裸身塑像，塑像有男有女、有男孩有女孩，全都激情互拥着，原本或许是想唤起观众的纯真喜悦情趣的雕像，轻轻松松就被邪恶的念头吞噬。就连喷泉边上的动物雕像身上都散发出一股淫念，其中一个好像还是只自我口淫的疣猪。

在必看清单上把情色喷泉打钩之后，我们搭水上计程车到罗斯托克附近一个名叫瓦勒慕的滨海度假村。这个低级酒馆海滩城有波罗的海岸风格，港口附近有几艘出租小艇穿梭，观光街道上T恤商店林立。我们在一家海滩旅馆的阁楼餐厅吃午餐，全景窗外是一片壮阔的海景，有个现场六人爵士乐团唱着轻松的流行歌。

乐团唱起爵士风的《蓝色多瑙河》时，几对老夫妻迫不及待地蹒跚走上舞池，男人都穿淡色的西装外套和白色休闲皮鞋，女人的身材都……很结实，人人开怀笑着，适时点头，散发出不和谐的真诚。我从旋转点心车上拿了一盘果酱馅饼，一边用脚尖点地打拍子，一边小口小口地吃起来。

饭后我们回到罗斯托克，继续漫长的等待，等傍晚商店关门，人群散去之后，我们无事可做，只好在黑暗的街头毫无目的地乱逛，偶尔在公园长椅上休息一下，忍着不打呵欠。

晚上11点半，我们终于搭上接驳专车，前往夜半登船的码头。

我们的船名叫“迅疾八号”，经营单位是爱沙尼亚渡轮公司。问题来了，在德国和芬兰之间来回的渡轮，为什么是爱沙尼亚公司经营呢？我不知道，但我肯定想体验一下传说中前东欧集团国家的客户服务。

渡轮晚上开放客人登船，但要到第二天日出时才会离港。人家告诉我们，这段前置时间有其必要，因为太多人把车子带上渡轮，得花上一长段时间才能把车子全运上船舱。问题又来了，像我们这样没带交通工具的旅客，为什么必须在船离港前五六个小时就登船呢？我还是摸不着头脑——但我猜我已经开始体验到传说中前东欧集团国家照顾个别旅客需求的弹性和贴心了。

这艘渡轮上的私人客房要价700美金，似乎贵了点，于是我们一人付了125美金，买了售票柜员所谓的“飞机式座椅”票。接下来两个晚上，我们会睡在这种座椅上，因此在想象中，那会是像飞机头等舱里那种可以放下椅背的大位子。

登船后，我们发现那些座椅居然是飞机经济舱的那种——如果那架飞机没有窗，而且像个小纸箱的话。40个钉死在地板上的椅子挤在下甲板黑暗、闭塞的小空间里，我们抵达时，这个小空间已经挤满了人，还有这些人的成堆行李和暴躁的小孩。

由于前一天晚上是在火车上度过的，今天又一直在罗斯托克的街上闲逛，这时我们已经很累了，于是我们忍气吞声，找个靠墙的地方放包包，然后坐进指定的位子，想假装那是柔软的床铺，而不是又窄又硬的椅子。

不必自欺欺人了，我想换个舒服的睡觉姿势，椅子的金属扶手却戳着我的后腰，我的膝盖紧紧抵着前座的椅背，背后还传来一个让我想破头也辨识不出的怪声音，是盔甲运输舰在磨齿轮吗？还是高速搅拌机正把吊衣架打成汁呢？

我转头去看，我正后方的座位上坐着一个浑身裹着毛毯的老人，他的眼睛是闭着的，身体丝毫不动，但忽然间那些毯子以强烈的势道往上升，他张大了嘴，然后那个声音就出现了——我真没想到发出那种声音的会是人类！

那鼾声有如雷鸣，以一种停不下来的节奏，一声接一声、一次又一次地震人耳膜。我清醒地躺着，幻想以各种残酷的手段来对付这老男人的喉咙。

等到深夜两点，一位渡轮工作人员低头走进这个房间巡视时，另一位睡不着的旅客的耐心已经被打鼾的人逼到了极限，他一股脑儿发泄满腔压抑已久的怒火。

“这男的打鼾太大声了！”他喊，一手指着那堆起伏的毯子。

渡轮工作人员耸耸肩，清楚地表示出他无能为力。

生气的男人更沮丧了，又喊：“而且这里还很臭！”

他说得没错，很多人都脱了鞋，空气里充斥着臭脚丫的味道，而且这里也不像有空调的样子。渡轮工作人员又耸耸肩，他转身离开，用力关上身后的门，这一连串突来的大声响短暂地惊动了那个打鼾的人，但几秒钟后他又恢复原样，鼾声比之前更响。

我该拿出秘密武器了，我的秘密武器有两个：第一个是一小瓶苏格兰威士忌，是我从货船贩卖部买来的，想留待特殊场合饮用；第二个是一小瓶烦宁，是我从家里带来，专门用来应付这种紧急状况。

让我先暂停，歌颂一下烦宁与其在旅客身上的广泛用途吧。在你睡不着，又需要让身边那鼾声如雷的人消音时，这东西最好用不过。此外，它也很适合用于你很紧张，怕赶不上下一班火车或渡轮，或是只想躺在前甲板上悠闲度过某个下午时。

吞下药丸，再灌几口烈酒后没几分钟，我就不觉得痛苦了。震耳的鼾声被酒精冲淡，我觉得好放松，跟这张硬邦邦的椅子完全不配，于是我滑到地板上，融进这排和前排座位之间的空间，这个位置使我的脸不只贴着肮脏的地毯，还在那个打鼾男的裤袜脚丫旁边——他的脚丫还散发出一阵阵特别浓烈的脚臭。

没关系，药丸已经让我飘飘然了，过不了多久，我就进入深沉的睡乡。

## 叫人担忧的“迅疾八号”

上午9点，我们就被渡轮的广播吵醒，是个东欧女人的声音，我猜测她是爱沙尼亚人。

“哈喽，小朋友。”她说，透着深深的倦怠，“儿童区现在有画脸活动哦。”那语气介于极度冷漠和少许敌意之间。

我从烦宁的恍惚药效中醒来，大部分旅客都醒了，开始放屁。我忽然发觉，这是我这辈子待过最惨的房间。

我们把背包留在这里（没地方放，只好祈祷背包不会被人偷走），爬上几段楼梯来到主甲板，迎面就是刺目的阳光，毕竟我们在日光灯照明的地洞里待了这么久。最后，我们在可以眺望海面的窗前找了两把椅子坐下。

船是4小时前离港的，以船来说，我们目前每小时35英里的航行速度算是快的，但还要等20个小时以上才会抵达芬兰。

一个小孩匆忙跑过，脸上有几道怪异的色彩。丽贝卡灵光一闪，学起那个女广播员。

“哈喽，小朋友。”她说，半闭着眼，假装一手夹了根香烟，另一手无精打采地拍了拍小孩的脸。“画好了，快滚吧。”

像我们一样订了下方便宜座位的人，拥有可以在船上的SPA冲澡一小时的服务。等规定的时间到来，我往上走，发现男生的SPA是个铺瓷砖的小房间，里面有一间发霉的淋浴棚，没有更衣室，没有浴巾，也没有服务员（就算有服务员，我想他会不爽地哼一声，把一叠卫生纸丢到我脸上吧）。我把脱下的衣服放在长椅上，速速冲了个热水澡（自从我们在两天前离开安特卫普，这肯定是目前为止的渡轮旅程中最美妙的时刻），然后用昨晚在全世界最可怕的房间里睡觉时所穿的衬衫擦干身体。

午饭时间到了，我们研究起点心吧的商品，里面有几个没贴标签、用玻璃纸包的三明治，玻璃纸上的雾气让人看不见里面包了些什么，我只勉强看出有一片边缘都发黄了的枯萎的生菜。

除非你需要把车子运到赫尔辛基，而且不想亲自开车去，不然我实在难以想象为什么有人要搭这艘船而不搭飞机（或者就我们的经验来看，也可以走路）。这艘渡轮并不便宜，再加上长达30个小时的航行时间，这速度肯定不快，而且不管从哪方面来看，都不算豪华。休憩室虽然可以用，但待在里面很无聊，我们看到的私人船舱也同样无趣得很。

我们旁边那张桌子坐着两位金发女郎，这两位年轻背包客正在玩牌。昨天晚上我就在那没有窗户的打鼾室里注意到她们了，她们似乎是善良、讲理的人，也因此让我们纳闷她们到底在这里做什么。丽贝卡克制不住好奇心，靠过去作了个自我介绍，问起她们的来历。

这两人先是道歉说英语不够好（其实已经比一般华盛顿特区的计程车司机好多了），接着才告诉我们，她们之前搭欧铁旅行过德国和波兰，现在要回芬兰，因为家住那里。

“可是你们为什么不搭飞机，要搭渡轮呢？”丽贝卡问，说明飞机不但快，还更便宜、更舒适。

“因为……”身材高的那个女郎说，“我们觉得搭渡轮是场大冒险。”说到最后两个字时，她举起双手往两旁张开，然后跟另外一个女郎一起咯咯笑了起来。“但现在我们上了船，什么冒险都没有。”她边说边望着渡轮休憩室令人气馁的景象，两人的笑声越来越低，又玩起了牌。

“你们在玩什么？”丽贝卡问。

两人用芬兰语迅速讨论了一阵，矮的那个回答：“英文名字是‘浑蛋’。”

之前搭乘货轮横越大西洋时，我觉得非常有安全感。船上作了安全说明，不时还会让大家做登救生艇的演习，货轮工作人员都挺称职且谨慎，也都知道乘客的名字。假如发生紧急状况，我有预感即使当时我人正在客房里听iPod，可是当又冷又咸的海水冲破窗户涌进来时，还是会有人来救我。

但在这艘迅疾八号渡轮上呢？我可不太放心。我们完全没有安全说明，也没有演习，我不知道救生衣在哪儿，也没看到什么指示说明哪里会有救生衣。

只要看看四周那些老年人拖着步子在渡轮走廊上慢慢走过，无人照管的小孩在休憩室乱跑，还有我绕船一圈时所注意到的马虎和失修情况（满是泥泞的甲板、生锈的铁栏杆等等），就会明白任何危机恐怕都会立刻变成世界大乱。广播会宣布：“各位乘客，船要沉了，快跳船啦。”

情况很可怕，但这并不稀奇，因为在我翻阅一本介绍欧洲的旅游指南时看到了一篇报道，描述十多年前波罗的海上一艘爱沙尼亚渡轮（跟我们这艘很像）发生船难的经过。事情发生在1994年的9月28日，一艘名为“爱沙尼亚号”的渡轮在波罗的海中往西航行，准备前往斯德哥尔摩。

就跟我们这艘渡轮一样，“爱沙尼亚号”也是“滚装船”，意指可让车辆直接开上开下，滚装渡轮的船身有类似吊桥的舱门，吊桥放到码头时，可让汽车或货车直接开进船内的停车舱。但“爱沙尼亚号”上的吊桥舱门功能没设计好，舱门位置是在船头，尖尖的船头往旁移开，才露出里面的舱口。早已登上“爱沙尼亚号”的乘客说，船头的这道巨门并非完全防水，事实上，还有人看到多位爱沙尼亚籍的船员把垫子和破布塞进会渗进海水的一道大缝中，渗进来的水积在停车舱内，航程越远，水就积得越多，但显然船员认为这不是大问题。

1994年9月的那天晚上，吹起大风级的强风，波罗的海上波涛汹涌，这艘船被浪打得东倒西歪，但船员仍让船在风浪中行驶。乘客开始晕船，纷纷回到各自的舱房，只有几个比较经受得起的人还待在休憩室和酒吧享乐——据说当时至少有一个正随着现场音乐起舞的女人，忽然失衡跌进了演奏台。

过了半夜，一声雷鸣般的金属碰撞声响遍全船，还在喝酒的人愣了一下，又继续喝酒，没多久又是一声大响，船身摇摆不定，开始倾斜，而且倾斜度越来越大。

那道问题汽车舱门以及保护舱门的外盖在渡轮与海浪的强力撞击下移了位，又由于汽车舱门位在船首，渡轮等于是一面向前，一面把海水往船内舀。大量海水涌进船腹，等船的浮力撑不起吃进的水重时，渡轮就歪向一边，开始下沉。

船一开始摇摆，船身的架构就成为残酷的障碍关卡，比方说渡轮倾斜后的陌生怪异角度使得走廊上敞开的舱门都成了危险的陷阱（掉进去的人很难爬出来），楼梯转了位，根本无法通过。

记者威廉·蓝格威胥（William Langewiesche）在他的书《亡命之海》中写道，从“爱沙尼亚号”逃出来的人都是比丧生者年轻、健壮许多的人。做妈妈的跟儿子分开了，男朋友跟女朋友也分开了。“爱情只减缓了人的速度，”蓝格威胥这么写，“无情的丧钟一刻不停”，生与死就在一线之间，端视人在关键时刻选择的逃生路线是对是错。

不少人即使有幸从船上逃了出来，最后却还是丧生海底，因为救生艇被大风巨浪吹翻，甚至在某些情况中，救援者在好几小时后才赶到，生还者所描述的情况从悲惨到可怕都有，等事情过去，官方统计共有852人丧生，137人生还。

有人责怪渡轮的德国造船厂设计出有问题的舱门（虽然该渡轮在其他业者经营下已航行超过10年，之前都没出过状况），也有人认为是那些受苏联训练、东欧集团国家的船员对安全标准的态度马虎（虽然船一出状况，多数船员的表现都很英勇）。几个阴谋论指责这是恐怖分子的策划（虽然没人清楚这些想象中的恐怖分子究竟有何动机）。不管原因为何，“爱沙尼亚号”沉船事件都是现代欧洲史上，非战时期中最惨的灾难。

今夜，在我们前往赫尔辛基的途中，差不多会直直经过当年船难的地点，船沉在波罗的海底，我们下方200英尺处。里面仍然装满了尸体，那些人就像我们这样，只不过是搭个渡轮罢了。

我们这艘“迅疾八号”造于2001年，因此不管“爱沙尼亚号”的舱门设计有多少缺陷，现在应该都修好了，再说，今晚海上还挺风平浪静的，但我还是忍不住想象冰冷的海水淹进我们所在的休息室，惊慌的尖叫声此起彼落的场景。

你可是宁在一艘下沉的船里，还是在一架下坠的飞机上呢？在丽贝卡看来，这个选择再简单不过了。

“坠机的事我连想都没办法想，因为那是我不能控制的，我只能坐在座位上，希望驾驶知道自己在干吗！”我的看法却相反，船难比较可怕，因为我的判断将决定我的生死。我想象自己浑身发抖，被困在舱室中，海水迅速涌入，我一边等待死期，一边懊悔刚才在走廊应该往右转而不是往左。

时间接近午夜，我们的船预定在第二天早上6点抵达赫尔辛基，如果我现在去睡，就表示要回到被丽贝卡称为“绝望房间”的座位，而我们就是没办法再走进去。

因此，我们在船上的夜店找了张桌子，看起酒单，点了几杯用树皮做的爱沙尼亚无名利口酒，居然出乎意料地好喝，真是登船后的第一个惊喜！接下来两个小时，我们又干了好几杯。有个乐团奏着不怎么样的欧洲流行歌，一对芬兰老夫妻跳着舞，我们享受着音乐，也享受着树皮酒带来的微醺。

到了深夜两点，我们眼睛都快睁不开了，就跑到休憩室的另一个角落找了两张长椅躺下。音乐已经停止，只有寥寥几人还没散去，我们在几分钟内就进入了梦乡。这么好的点子怎么昨天晚上没有想到？睡在公共休憩室可比在几个甲板下面那个又挤、空气又不好的囚室好太多太多啦！

早上5点半，微弱的晨光从休憩室的窗户渗进来，丽贝卡醒来睁开眼，发现一个奇怪的男人就坐在8英尺外，正热切地盯着自己瞧。他头上微秃，大概60岁，脚上是黑袜加拖鞋，还把椅子转到正对着丽贝卡的角度。丽贝卡在睡觉的时候，他一定一直都在看她。

她把我推醒，我揉揉眼睛，没多久也注意到这位诡异的崇拜者。丽贝卡和我一言不发地站起来，迅速走到船的另一端。

## 赫尔辛基市立博物馆

渡轮在早上6点多抵达赫尔辛基港口，之前3个晚上都睡在船上和火车上，企图睡睡看各式非标准情况的我们，这时只想找间旅馆，冲掉过去72小时的疲惫，一头栽进能把身子放平的深沉睡眠中。但是天不从人愿，在下午以前，没有一家旅馆开放房间，我们只好拖着被背包压弯的身躯，行尸走肉似的在街头踽偻而行。

那天，当赫尔辛基市立博物馆开张时，我们是走进大门的第一对客人。我们抄最短路线走向远离入口的一间安静展示厅，冒着被当成游民的风险，在一张长椅上背对着背睡着了。我们睡了45分钟，在这段时间内，没有一个人走进这间展示厅。

醒来后，觉得体力稍微恢复了些，我们看了看四周积了灰尘的展示柜，我高兴地发现里面全是古怪的中古世纪欧洲传说。赫尔辛基的城市史本就充满喷火龙和会变身的小妖精，此外，这里也提到某种叫做“粪叉”的东西，我不知道那是什么，也很怕上Google一查会得到含有严重外伤图片的搜寻结果。

接下来几个小时，我们都在书店和咖啡馆游荡，最后终于成功住进一家旅馆，洗完澡，觉得再度重生了。那天晚上我们跟一个朋友安德鲁一起吃晚饭。他之前都在欧洲度假，写了封电子邮件来说要在赫尔辛基碰面，接下来几天，我们都一起在市区闲逛。

我对赫尔辛基的第一印象是，这里很像高档眼镜公司的电视广告，似乎每个人都爱用复杂、长菱形、不对称的眼镜，而且人人都又高又壮，多数人是淡金色头发和锐利的蓝色眼睛。

安德鲁、丽贝卡和我在美国算是中等身材，但这时走在赫尔辛基街头却像是发育不良的哈比人，比当地人整整矮了两个头。你有没有参加过宁愿自己能隐形的派对？我们在赫尔辛基的整段时间中，感受就是如此。

“我发誓。”晚餐时，安德鲁若有所思地说，“我可以走进银行，抢走金库里的钱再走出来，芬兰人都不会发觉我的存在。”

受到这种自卑感的刺激，我们开始找起赫尔辛基的碴儿，但很遗憾，没找到多少。这个城市可爱、适合步行，有超赞的公共运输系统，能以高效率载我们穿梭往来，港口中央还有几个迎风、长满草的小岛可以让人上去行走和野餐。

要是非得说个缺点，那我会说是芬兰菜。以我的口味来讲，这里虽然有很多美味又新鲜的鱼，但整体来说，芬兰菜还是煮得太糊了。

餐厅做出来的外国菜通常又都变了样，就像送到我们桌上的意式香蒜橄榄油烤面包“普切塔”，竟然成了又冷又软乎乎的皮塔饼。不过，如果我鼓起勇气去试吃美食市集促销的罐装啤酒和麋鹿肉，或许感觉会不同吧。

几乎就在北纬60度线上的赫尔辛基，是我们环游世界计划中最北的一站。我们的确想过要到66华氏度的极圈上跑一跑，但为了跨越那条虚拟线而绕道900英里，大概不太值得吧。

结果我们决定要勇登另一艘渡轮，向南前往爱沙尼亚，船会载我们到首都塔林市，然后可以从那里搭夜班火车到莫斯科。

多数的单壳船船速不能超过每小时41英里，因为速度一快，就会在船头激起一堵水墙，让船难以突破。而像我们在赫尔辛基搭的这艘双体船，则会把水量分散到两个船壳，因此可以航行得更快。

我们的双体船渡轮把速度加快到每小时47英里，从芬兰湾湾口处横切过波罗的海的一个小口，这段航程平滑如丝缎般舒适，几乎可说是幽雅，让我们之前搭渡轮所遭受的心灵创伤因此舒坦许多。乘客们看着杂志，在酒吧点鸡尾酒喝，船上多数旅客是芬兰人，他们经常搭90分钟的船到爱沙尼亚，因为那里的啤酒比较便宜（很多人连折叠推车都带了，全为了驮回大量的酒）。

双体船抵达塔林，我们下了船往市区走，想找一间旅馆。我们在一个转角等红绿灯时，看到一只野狗（体形还不小哦）悠闲地大步跑上马路中央，几只暴躁、凶猛的狗也加入阵容，变成一群充满自信的狗。

哎呀，我觉得我们已经不在西欧了。

A Down to Earth
Journey Around the World

3

第三章

# 东欧到亚洲

## 爱沙尼亚的独立日

距离赫尔辛基搭渡轮只需45分钟的塔林，在建筑和气氛上却跟赫尔辛基天差地远。老城区的山腰上是一群中古世纪建筑，都有尖尖的螺旋塔、赭红色的屋顶和突出的石头塔楼，像极了主题游乐园的可爱景象。我简直开始期待会有一班欢乐的小丑在铺着鹅卵石的小道上翻起筋斗了。

然而，“欢乐”并不是我会用来形容眼前这些爱沙尼亚人的词汇，我应该用“无精打采”或“无奈”才对，或许因为现在已不再有铁幕了，因此我察觉到不一样的气氛：不怎么灿烂的乐观态度，更多随地撒尿的行为。此外，在服饰穿着上，所有的天然纤维好像在边界就被没收了。

我们抵达塔林这天，恰巧是爱沙尼亚的独立日。数百人聚集在塔林市镇广场的花彩装饰舞台前，6个金发女孩身穿绿色长衣，唱着传统爱沙尼亚民谣。一位胖胖的歌手大声唱起一首感人的抒情歌，歌曲显然极富国家主义色彩，唱到高音时，他还仰起头，张开双臂。

观众间流动着一股以爱沙尼亚为荣的强烈气氛，强烈到站在我们旁边的几个青少年聊起某个政治家的演说，立刻被观众中较年长的人嘘声喝止。不过，我并没有从这些人身上感受到他们是因为爱沙尼亚的未来一片灿烂而兴奋，我只感觉出他们的欣慰之情，因为在俄国统治下的悲惨生活终于受到上天垂怜而告终。

在《环游世界八十天》中，我们的英雄人物福格离开伦敦朝东南而行，途经地中海和苏伊士运河，横越印度，再从横滨抵达旧金山。我们本想照福格的路线走，但最后却被既兴奋又恐惧的心情吸引向北，朝俄罗斯前去。我们实在按捺不住想去俄罗斯一探的心情，俄罗斯是个独一无二的地方，地大物博，有浓厚的文化历史和消费性产品。

西伯利亚大铁路也有很大的魅力，这条世界最长的铁路深深让我着迷，铁路从莫斯科到太平洋，绵延6 000英里，简直不可思议！我想看着观景窗外的景色变换，看着欧洲慢慢变成亚洲。

## 火车上刻板的俄罗斯旅伴

暮色降临塔林时，我们把独立日庆典活动抛在身后，朝火车站前进，准备搭乘开往莫斯科的火车。窗口那位体形庞大、皱着眉头、身穿聚酯纤维田径服的女人，卖给我们两张卧铺车票，火车一小时之内就开。上车后，我们发现四人卧铺的舱房中，已经住了两位室友。

在火车车厢内自我介绍，向来是件又乱又挤的事。几个人忙着挪动行李，低头，还要小心别被人踩到脚。一阵混乱过后，大家才开始握手，我们这才知道这两位室友分别叫福拉帝米尔和亚力山德，他们都是俄罗斯人。

事实上，这两人简直俄罗斯到不像真的，他们仿佛是电子傀儡，专门做来表现各种俄式刻板印象。

火车开动后，福拉帝米尔（年纪较长、秃头的那个）从帆布袋里拿出一大瓶伏特加，亚力山德（年纪较轻、身材矮胖的那个）则掏出皱巴巴的塑胶袋，里面装着乳酪、深棕色面包和黄瓜片。他们分别喝了一大口烈酒，然后就狼吞虎咽地吃了起来。然后他们用俄语短暂交谈了一阵，福拉帝米尔把酒瓶朝我推来，咧嘴而笑，一面露出黄色的牙齿，一面连连点头。

我喝了一口，味道像回收油漆去除剂，我立刻呛咳起来，眼眶泛泪，而这两位俄罗斯朋友觉得超级好笑。

我把酒瓶递给丽贝卡，她二话不说就喝了一口，喝完还满足地嘘了口气。俄国朋友笑得更热烈了，但手都指着我。然后他们请我们吃面包和乳酪配酒，我们欣然接受。

他们会的英语虽然不多，我们又完全不懂俄文，但凭着某种奇迹——大概是醉意奇迹吧，因为伏特加一口接一口地喝，却还能继续交谈。我们成功理解到，福拉帝米尔和亚力山德是飞机工程师（为了让我们明白这一点，他们张开手臂，发出飞机的轰隆声）。

我们也明白，他们都住在一个叫佛雅兹玛的城镇，丽贝卡把她的全球定位器递给亚力山德，他熟悉了按钮之后，在地图上找到佛雅兹玛，把荧幕凑到我们面前。该城有5万人口，位于莫斯科以西130英里处，曾遭到拿破仑和希特勒军队入侵，经过两次战争的蹂躏，一次是在1812年，然后是在第二次世界大战时。

我想告诉福拉帝米尔和亚力山德，身为美国人的我其实难以想象东欧城市遭遇过的悲惨历史，但我想我没办法用发出怪声、打手势和做表情的方式让他们明白。

最后，伏特加的力量胜过了我们，该睡觉了。这两位真是我们梦寐以求的最佳火车伙伴（只有两个小缺点：福拉帝米尔会微微打鼾。亚力山德换上睡衣后，却不经意地把胯部对着我的脸）。

早晨来临，他们在佛雅兹玛下车，我们则继续前往莫斯科。

## 冷淡的俄式官僚作风

我们抵达莫斯科脏兮兮的列宁格勒站时，大约是上午9点。下火车后，我跟俄国的第一次接触就发生在这辈子见过最污秽的公共厕所。厕所里那些蹲式马桶（等等，蹲式马桶？我们不是还在欧洲吗？）上溅满了各式各样的秽物，洗手台有半数都破了，有几个的里面还静静躺着螺丝起子和钳子，好像修理工也知道在这里维持秩序徒劳无益，已经绝望地走开似的。

在丽贝卡找会吐出卢布的自动提款机时，我带着我俩的背包在车站大厅等候，一面观察来往的人。我注意到两个大概10岁的俄罗斯小男孩，跟他们的母亲站在一起，这三人都一副潦倒相，衣服肮脏，面容憔悴，几只老旧塑胶袋里装着他们的衣物。忽然间，两个男孩转过头，我顺着他们的目光看去，发现有一家人走过大厅，他们说法语，看起来像是观光客。

其中一个法国小孩穿了一双鞋底有滑轮的球鞋，他在光滑的车站地板上滑过，两个俄罗斯小男生简直看呆了，显然从没见过滑轮球鞋，张大的嘴合不拢来，好像那个法国小孩施展了魔法似的。

法国小孩滑远之后，两个小男生开始在车站里假装溜着，用破旧的鞋底在地板上滑来滑去，肩膀一下子靠左，一下子靠右，嘴里发出咻咻的声音。他们还用力蹬着地板一两次，想看看脚跟下面会不会出现奇迹，跑出滑轮来。或许这功能一直都在，每双鞋子都有，只是他们不晓得罢了。

几分钟后，两个男孩死了心，开始推对方，打起架来，我想他们其实是想借此忘掉自己得不到的东西吧。

车站外是高达90华氏度的8月天，热气混合着令人窒息的湿气，跟我想象中的莫斯科完全不同。没预订旅馆的我们拖着快被热死的步伐在市区走着，想找地方住。最后来到一家位于巷弄里的小客栈，柜台后方的年轻女郎说还剩最后一间房，然后就领我们上楼去看看。

所谓的房间其实是像放杂物的迷你室，而且没有空调，像兔耳朵般有两根天线的电视机可以收到3个说俄语、画面呈颗粒状的频道，本该铺满地板所有面积的地毯在墙脚几英尺前就没了，露出乱糟糟且参差不齐的边缘。没关系，我们住了进去。

回到外头，无包一身轻的我们开始逛市区，走过工地区和满地垃圾的马路，还差点不小心闯进了红灯区。我们不经意来到圣华西里教堂，洋葱般的拱顶如万花筒般五颜六色，只要有电视新闻在莫斯科拍外景，就一定会拍到这座教堂熟悉的外观。

可惜的是，我们想参观的景点都关门了，而且关门的原因不明，因为现在不是假日。列宁之墓？关了。克里姆林宫？也关了。不过倒是有一家历史博物馆开门，我们开心地发现里面正好有西伯利亚大铁路的历史展览，其中一项展出是一幅细腻的图，画着某次严重且造成多人伤亡的火车脱轨事件，真是叫人精神一振啊！我们马上就要搭好几趟俄罗斯的火车了！

此时，有另一件事加深了我们的担忧，在我们抵达欧洲时，有人引爆一颗炸弹，使得往返莫斯科与圣彼得堡的一列火车脱轨，造成约60人受伤。我们在安特卫普时，曾看到电视播出火车残骸的画面，新闻摄影机把镜头对准两位身穿风衣的俄罗斯调查员，他们悠闲地倚着扭曲的金属，其中一个抽着香烟，另一个吃着用蜡纸包住的软乎乎的三明治。他们一副自在的模样，但其实根本连犯案的人都没找到（而且据我们所知，到现在都还没有）。我们的结论是，这幅画面怎么看都不能振奋我们的信心。

第二天早上，我们想趁上午去高尔基公园散步，但不小心转错了弯，结果就在莫斯科一个破败的医院区里迷了路，这里的墙上是剥落的漆，柏油路面龟裂，铁链也都生了锈。一个缠着绷带的男人坐着轮椅，推着自己的点滴瓶，在三楼的一扇窗前停下来，静静地看着我们，这景象简直诡异得叫人心跳漏拍，我们加快脚步，急着要走出这座迷宫。

最后，我们终于从这些快倒塌的建筑群中走了出来，发现特列提亚美术馆就在正对面。这间美术馆陈列20世纪的艺术品。美术馆大厅中，至少有25人排成长队准备买入场券，队伍好像根本就没移动，我们等了15分钟，都没往前挪动一寸。

我们乘机研究起冷淡的俄式官僚作风，并以国籍当比较耐性的参考因素。站在我们前面队伍中的是悠闲的德国人，开心又有耐性地等着；德国人前面是神色坚毅的波兰人，脸色阴沉，接受了等待的宿命；波兰人前面的韩国人一面吼叫，一面拿钞票在空中挥舞。

我的直觉反应大概跟波兰人最像，但丽贝卡却跟韩国人完全合拍，她焦虑地展开探查工作，走到队伍前方去看看到底怎么回事。等她回来告诉我，我才知道美术馆的票券列印机坏了。令人不解的是，美术馆员工为什么就不能随机应变，比方说写张纸条让我们入场呢？但他们没这么做。

反之，我们继续站在那里又等了15分钟，这段时间内，没有一个人成功买到票。原本我们想走人了，虽然这时我们对美术馆本身已经失去了兴趣，却很想知道这位达达主义员工的独角戏会怎么收场。在柳暗花明又一村的情节转折中，一个韩国人用英文——毕竟英文是这里所有人最可能共通的语言了——高声宣布他的那个团是“特殊导览团”，徒然地希望能借此规避购票程序。

“我在做思考实验，”丽贝卡两手叉腰地说，“我在想象要是这件事发生在纽约现代艺术馆会怎样。”

“结果呢？”我问。

“没用，我完全想象不出来，到这个节骨眼，卖票小姐早就被开除了，队伍里会有人愿意在集体诉讼时出来作证。”

最后，僵局总算被打破了，管理部门送来一批未经切割、列印的票，售票小姐用一把尺子压着票，开始一张张地撕，每次要撕之前还激动地舔指尖。

美术馆尽管展出了经共产党批准的精彩艺术品，但在看完这场出票大戏之后，那些收藏就相形失色了：作品清一色是肩膀厚实的俄罗斯农夫，在一片和谐中骄傲地一起炼钢或收成。

向来对抽象作品没什么特别热爱的丽贝卡，发现社会写实主义让很她心动。

“第一，如果你不管真正发生的事，那么这里的集体努力还挺有激励作用的；”她说，“第二，这些人多帅呀！”她指着一尊工人雕像，这个工人肌肉结实，五官俊美，身穿连身工作服，正挥舞着大铁槌，“看他的二头肌！”

下午近黄昏时分，我们搭莫斯科地铁到正式的公家铁路售票站。那里的情形就像退出了科技时代，拥有点阵式印表机的刺耳声音和单色电脑荧屏的黄褐色光芒。我们问询问台有谁会讲英文，结果得到冷漠的耸肩和皱眉作为回答，看来我们只好随机应变了。

我们查了时刻表，抄下想搭的几列火车车号，打开地图以便指出我们想去的地方，然后朝其中一个售票窗口走去。正如我们所预料的一样，情况并不顺利，柜员一句英文也不会说（没关系，我不期待其他国家的人会说我的母语），而且似乎无意弄懂我们指地图或猛打手势的意思（我对她不肯稍作妥协这点不甚谅解）。等她最后印出票来，我们检查了一下，发现那并不是明天要开的火车，而是一个月后的，我们又花了几分钟，窗口两边都挥动手臂比了一阵，才把事情弄清楚。

柜员撕掉那两张票，列印出新票之后，我们再次细细检查，破解那些西里尔文字。这一次我们发现这两张票不是单程，而是来回票，于是我们又花了几分钟，再次比手画脚，让她明白我们不想回莫斯科（我开始明白，可能一辈子都不会想吧）。她又把那两张票作废，第三次总算都弄对了。

这时我们都饿了，想吃晚饭，但到了这个地步，我们已经不敢去想点餐时又得大比特比玩猜谜，还要忍受服务生铁定会赏给我们的皱眉和耸肩。回旅馆的路上，我们经过一家麦当劳，立刻冲了进去，其实只是想再度体验跟服务员轻松交易的情形而已。

我无法形容以自信满满的语气说出“麦克鸡块”是多么畅快的事，而且没多久就正确无误地拿到我点的东西。

## 散发鱼腥味的俄罗斯火车

第二天下午，我们到亚罗斯拉佛站搭火车离城，大大的候车室里装满了破旧的行李和憔悴的旅人：一张张阴沉的脸孔，一个个暴躁的小孩。对了，还有他们的衣服，男人穿无袖的网格紧身衫也就算了，竟然还有女人也穿无袖的网格紧身衫！啤酒肚垂在破旧的聚脂纤维外，人造纤维的小可爱下裹着巨大的乳房。

这里的流行女装实在……很刺激。

丽贝卡观察入微："她们好像是一夜10美元妓哦！"

"这样以貌取人不公平。"我说，"有些人至少像一夜20美元妓吧。"

我们在宽大的候车室内找到一小块地方坐，丽贝卡开始去找这趟旅行所需的粮食。车站里没有空调，只有又臭又不流动的空气。15分钟后，丽贝卡带着零食回来，发现我手脚张开地躺在背包上，衬衫的扣子敞开到汗湿的胸部以下，脸上换了副全然阴郁的表情。换句话说，我入境随俗了！

"老兄，"丽贝卡说，"你变成俄罗斯人了。"她的语气里混合着担忧与尊敬。

上了车，我们从半开的厢房门内看到几位乘客，火车还没开，那股热气蒸得人难受，人人以不同的暴露程度干等着。车厢里到处是披着衣服、体形庞大、打着赤膊的男人在各自的铺位上打滚，像刚性交完的海狮。

等我们进入自己的私人车厢，丽贝卡关上厢房门，终于屈服了。

“我也要当俄罗斯人了。”她擦擦前额的汗水这么宣布，然后解开胸罩扣子，把胸罩从衬衫下拿出来，翻身仰躺在铺位上，喉间发出一声叹息。“当俄罗斯人真棒！”她对着天花板说。

火车本身有种高贵的落魄感，我们的头等厢房里铺了地毯，墙壁是老旧的深色木头镶板，有一扇气派的观景窗，一张铺着白色桌巾的小木桌和两个狭窄铺位，上面是干净的床单和两个硬枕头。可惜难听的俄罗斯流行歌从装在天花板上的喇叭里传来，稍稍打乱了这股风雅的情调（喇叭上有个旋钮可以把音量调低，这东西还真有极权主义风格啊！因为我们没办法把音乐完全关掉）。

我们将在这间厢房里待上三天两夜，从莫斯科以东到凯萨琳堡（Yekaterinburg）的这段旅程长达900英里，比之前先搭火车从安特卫普到罗斯托克，再从塔林到莫斯科的两段路程至少长了3倍，我们即将接受西伯利亚大铁路文化骤然且完整的洗礼。

俄罗斯火车票分三种舱等，我们目前所在的头等舱（称为“spalnyvagon”）有私人厢房，每个厢房内有两个铺位；二等舱（称为“kup”）是四个铺位的厢房，类似我们从塔林搭火车时，跟福拉帝米尔和亚力山德共用一间的厢房；三等舱（称为“platskartny”）则是在一节通铺车厢中塞进54个铺位。

我们被三等舱吓到了，那等于是把一大堆人挤进狭隘的空间里。火车抵达第一个停靠站时，我们看到三等舱乘客蜂拥而出，像刚从战俘营逃出来似的，从那时起，我们就排除了跟这些人一起混的念头。火车接下来停的几站发生了以下事件，更加深了我们对此事的信念：一是我们看到一位三等舱旅客向月台上一位阿嬷级的女士买了一整条鱼，鱼眼仍然完好，鳞片上闪着滑腻的光，然后她把鱼带回火车上。30米外都能闻到鱼的味道耶！我是不知道她准备怎么烹煮或怎么吃那条鱼啦，但我深深为跟她同一个车厢的人哀悼。二是在另一站时，我们看到一个喝醉酒、满身呕吐污渍的男人被两位愤怒的警察架上三等舱。如果还有什么比那条鱼更臭，那就是一摊呕吐物了。

另一个问题出在让五十几个三等舱旅客共用车尾几间不敷使用的厕所，在头等舱的我们情况好多了，只要跟15个左右的人共用一间厕所就行。但即使是头等舱的厕所，也只有最基本的配备，硬金属的表面不断散发出漂白水的恶臭（我猜这还是比死鱼的臭味好了），而且没有冲澡间，因此大家只能就着洗手台拿海绵擦身体。

厕所旁边的地上是个马桶冲水踏板，我猜踩下去以后会流出一股蓝色消毒水，把马桶的内容物都冲进化学蓄粪池吧。但实际上却不然，踏板一踩，马桶底下有个翻板就开了，阳光忽然照进厕所，露出马桶下迅速闪过的铁轨和人类秽物对地面的地毯式轰炸。火车靠站时不准用厕所的规定显然大有道理。

无论搭的是哪个舱等，都不得不应付所谓的“婆磨尼斯塔（provodnitsa）”，可说是俄罗斯火车上最具代表性的事物。婆磨尼斯塔是一个人，通常是女人，若是男人则称为婆磨尼克（provodnik），负责管理每节车厢。她以铁腕手段控制辖区，你会看到她在走道吸尘，补充厕所里不必要的粗糙卫生纸，或是在对“臣民”的行为感到失望的时候发出不满之鸣。

我们这节车厢有两位婆磨尼斯塔轮班，两人总是争吵不休。火车靠站时，没值班的那个就穿着破烂的袍子和拖鞋站在月台上抽烟，一脸不爽地看着每个经过的人。如果你想下车透透气，却在火车又要开之前，上车的动作稍微慢了点——也许是因为你对一笔跟鱼有关的交易大感稀奇，她就会对你摇手指，用俄语气乎乎地开骂。

出了莫斯科后几小时，又停靠了几站之后，我们远离了拥挤的都市扩张区，进入乡间。我们一连经过几个破败的小镇，有人毫无目的地沿着铁轨走，动物四处漫游，窗外的景色有时是一片森林，有时是几群小木屋，有时是混凝土墙的倾颓工厂，外面还有铁丝网和发臭的泥塘。

每靠一站，就有在月台守候的当地人拿几篮食物兜售，香肠、黄瓜、乳酪、洋芋片等，很多小贩都是满脸皱纹的老太婆，有着粗粗的足踝和深陷的眼窝，露出惊疑不定的神色。通常他们用婴儿推车推着货品，从这些小镇落魄的情况来看，这些女人要是真的卖起婴儿，我也不会惊讶。

那天傍晚，我们的火车驶进一片月光融融的俄罗斯森林，丽贝卡取出全球定位器想看我们在哪里时，忽然警觉地从铺位上坐起身。

“嘿！”她说，目光不离荧屏，一面招手引我注意，“我们就快进入亚洲了！”

乌拉尔山脉就是欧亚两洲的分界，公定边界就在东经60度之处。我们关掉厢房里的灯，把脸贴近窗户，目不转睛地想找边界标志。丽贝卡低头看了看全球定位器上我们的移动。

“应该马上就到了……”

果然，一块白色的小碑竖立在铁轨旁，火车以每小时50英里的速度隆隆驶过，但我成功瞥见碑石上以西里尔字母刻成的“欧洲”和“亚洲”字样，还有箭头指着相反的方向。这里什么都没有，只有一片长满桦树、静悄悄的旷野，远方有几座小木屋。

出乎意料地一股成就感涌上我心头，我们征服了大西洋，现在又征服了欧洲！我们的后视镜中是整片欧洲大陆，为了庆祝，丽贝卡去餐车上买了一品脱（约500毫升）酒。我们把酒喝个精光，接着又吃掉之前在月台上跟一个老太太买的一管洋芋片。

那天晚上，拜我肠子里大跳双人舞的伏特加和品客所赐，我做了个可怕的噩梦：我们还在火车上，但我忽然发觉火车行驶的方向不对，现在都到葡萄牙了——我听得懂从火车扩音器里传来的葡萄牙语。一位友善的火车服务员（绝对不是我们的婆磨尼斯塔）倚在我们厢房门口，说我们很快就会抵达终点站里斯本。天啊！我们辛苦跋涉的那些东行里程全都化成了云烟！又得花上好几小时研究时刻表，在车站等车，搭火车搭个不停，拖背包……才能回到莫斯科，我受不了了！我要放弃，订下一班飞机回家！

我浑身大汗地惊醒，从跨越边界以来，这是我头一次对身在俄罗斯感到高兴。

## 凯萨琳堡遥想当年的“血腥屠杀”

我们在凯萨琳堡下车，暂时告别这段冗长的火车之旅，在车站的小铺买了一本当地出版的英语观光手册。手册一打开，就是市长雅卡迪·茄涅斯基（Arkadiy Chernetsky）的欢迎辞。

“亲爱的读者！城市就像我们人一样，也有各自的历史和族谱。”他热情却不怎么流利地开场。“凯萨琳堡占据了俄罗斯极其特殊且显要的时空位置。亲爱的朋友啊！就让凯萨琳堡把新奇和陶醉带入你们的生活吧！”

人口约150万的凯萨琳堡，最为人知的或许是发生过罗曼诺夫（Romanov）屠杀吧。1918年的革命高峰期中，沙皇尼古拉二世和他的家人被火车载到东部此地，差不多跟我们过来的路径相同。

罗曼诺夫一家人在凯萨琳堡关了两个月，受尽狱卒的折磨，然后这个皇室家庭被赶进那栋囚房的地下室。12名士兵对沙皇尼古拉二世、他的妻子亚历山德拉皇后和5个小孩开火。第一批子弹齐发过后，有几个年龄在13~22岁不等的孩子还活着，警卫就精神抖擞地用刺刀捅他们。最后，他们的尸体被运到一座森林，在那里被肢解、焚烧，然后草草丢进矿坑了事。

罗曼诺夫一家丧生的那栋房子后来变成了“反宗教博物馆”，似乎想改弦易辙。1976年，当时的俄罗斯总统叶利钦下令将房子拆除，宣称房子旁边的那段马路突然需要紧急修补。

我们在凯萨琳堡的第一个下午，就到当年房子所在处的草丘散步，这里现在是让人遥想当年的“血腥教堂”，建于2000年，用以纪念罗曼诺夫一家。同年，沙皇和他的家人也被奉为圣徒，复苏的俄罗斯东正教会封他们为殉难者。

我们走向大教堂时，看到一个男人正在高高的钟楼上敲钟报时，他动作忙乱、四肢并用地把钟绳又拉又推，简直是敲钟版的新古典速弹派宗师殷维马姆斯汀。他敲出一段强烈的小调重复段，一阵阵的音符前仆后继地涌现，我从没听过这么令人心神不宁的教堂钟声，但既然这里曾有恐怖事件萦绕不去，听见这种钟声感觉蛮搭的。

我对罗曼诺夫谋杀案很好奇，大部分原因是我对历史只有呆子般的简化法直觉，如果有件绵延数十年、影响数百万人的大事，我就会固执地要透过短暂又戏剧化的时刻和几个小人物的角度去了解。

罗曼诺夫一家的故事也有八卦小报的版本，以追忆沙皇之女安娜塔西亚为中心，发展出一段生动的迷信，甚至有几个女人还宣称自己就是女大公本人，从凯萨琳堡屠杀中奇迹似的逃了出来。这些人当中做得比较逼真的一位，是个名叫安娜·安德森的女人，她一直到1984年过世时都坚称自己是女大公，并且成功唬住了20世纪20年代晚期的纽约大众（最近的一次染色体研究证实，罗曼诺夫一家人的尸体都已找到，种种揣测也因此告终）。

由于罗曼诺夫一家人的故事让全世界臆测不断，让我产生了很大的兴趣，也据此认定凯萨琳堡的好市民一定会想办法把这段悲剧铸成货币，让该市想出名的主张能够永续下去。比方说，建一座漂亮的罗曼诺夫博物馆，收取昂贵的入场费，里面还有货物琳琅满目的礼品店啦，不然至少来几辆推车，贩卖安娜塔西亚纪念T恤和咖啡杯也好。但什么都没有，连市区、凯萨琳堡的主要购物街上，我都找不到任何以罗曼诺夫为主题的纪念品。

我仍然清楚记得第一次在曼哈顿下城区看到有人贩卖“9·11”纪念T恤的情景，当时距离飞机撞上双子星塔不过6个月。原本我对有人在这种惨事上找利润感到震惊，但仔细想了一会儿，却怪异地觉得安慰：俗气的资本主义继续前进了，恐怖分子去死吧！

罗曼诺夫一家人之死距离现在已经整整90年了，但俄罗斯人似乎仍然没兴趣拿这家人的悲惨来获利，这一次我的反应却跟当年在曼哈顿时相反。

一开始，我讶异凯萨琳堡怎么一点都没利用这件史实，这不是摆明了能吸引大批观光客吗？然而却没一个人想赚这种钱，是因为缺乏俄罗斯企业直觉吗？但我想了想，开始明白俄罗斯人能如此克制，其实是十分高尚的，或许跟俄罗斯基本精神中的严肃有关吧。没错，他们接受了资本主义，却拒绝向其中最卑劣的部分屈服，他们不肯参与这场说穿了其实是用贩卖

9美元T恤来纪念暴力死亡的竞争。

我忽然对自己会开心地买安娜塔西亚冰箱磁铁一事感到羞耻了。

那天晚上，我们又登上那列火车，火车轰隆隆驶离车站没多久，我们就喝了几口伏特加准备上床睡觉融入当地，喝伏特加就成了例行之事。第二天，我们看着窗外，一晃而逝的风景变得不一样了，森林变得更浓密，城镇变得更萧条。丽贝卡开玩笑地说，下次我们在某个看起来特别阴森的村子停车时，她就要抛弃我。

“我会在火车要开的时候把你推出车外。”她说，“你没有护照也没有钱，只能想办法过新生活。”

我斜眼瞄了她一眼。

“噢，放心啦。”她安慰我，“你会成为快乐的磁铁铸造家，也可负责管鼓风炉，娶个老太婆，下雪时还可以跟她共享惬意的宁静时光哦。”

如果我们搭西伯利亚大铁路从莫斯科到海参崴，中途完全不下车，就需要花上6天半。我们计划在中途停几站，把旅程分成几段，顺便逛逛沿途的城市和小镇。不过，我们还是要在火车上忍受几段长达50小时的路程。

为了在这几段长程旅途中找乐子，我啃起契诃夫的短篇小说集。同时，丽贝卡则勇敢地挑战《战争与和平》（阅读与旅途有关的作品很有乐趣，这件事一开始还是她教我体验的，从此我们都习惯这样看书）。不过，在横跨多日的火车旅途中，能看的东西就只有那些，之后你只得把书放在膝头，揉揉眼睛，心想：妈的，到底什么时候才会到啊！

根据《环游世界八十天》的描述，福格的旅程是一段狂乱且全程无休的全力冲刺。无可否认，福格是在跟时间赛跑（这种发狂的步调跟凡尔纳的散文体很搭，正如一篇当代评论所言："凡尔纳！好妙的风格啊！你只用名词耶！"）。但是，想想福格横越大西洋的9天旅程（这一段凡尔纳用快得让人没机会喘气的几页就描述完毕），自己又真的搭了9天的船横越大西洋，我发誓这之中完全没有什么快得不得了的地方。

我们的船在无垠的海上一寸寸前进，吃饭吃了27次以上，洗个一两次的衣服，借着看书、找鲸鱼或其他东西度过216个小时。我想，福格可能把这段停滞期都拿来玩他最爱的惠斯特牌戏了吧。或许他也会鸡奸那位男仆来寻求刺激（谁知道呢？书里对他们的关系向来没交代清楚）。重点是，即使处在过渡期里，日子还是会继续，可以肯定的是，你总有觉得无聊的时候。

幸好，我们有个强力武器可以用来打败无聊，这武器叫做伏特加。我们在一个慵懒的下午解决一小瓶伏特加（而且开始害怕哪天会失去这种令人开心的酒精饮料）之后，丽贝卡跑去餐车又买了一瓶一升的。

几分钟之后，她使命必达地回来了。

"哇。"她含混不清、吃吃笑着说。"我刚才跟那个男调酒师讲的俄语超棒的，他们都爱死我了！”说实话，搭火车不喝伏特加简直是拒绝西伯利亚大铁路的文化规范，即使我们已经在牛饮了，还是比不上车上那些俄罗斯人一下子几加仑[①]下肚的速度。买酒的人川流不息，弄得餐车里的烈酒有时还会缺货。

有一次在某个停靠站，我们看到8个打赤膊的男人，在火车还没完全停妥时就跳下车。他们跳下月台，跑下一段短坡到一个村子。我们很清楚他们想干吗，世上只有一件事能促使肥胖的俄罗斯男人快速行动。果不其然，那些人很快跑上坡，怀里全抱着酒，其中一个怀里的酒瓶多得空不出手来开门，还是我替他拉开车厢门的。

我们注意到很多这些打赤膊的人都有厚厚的嘴唇和又肿又黑的眼睛。

丽贝卡的合理推论是：“他们喝醉了就跟自己人大打一架。”

注：①1加仑等于3.785升。

## 西伯利亚境内的海豹和贝阿干线

小镇一个接一个过去了，现在我们真的在西伯利亚了，只不过很难在夏天认出来，因为这里没下雪，也没有拉雪橇飞驰而过的齐瓦格医生。

半夜时，我们的火车抵达东经103度，也就是从华盛顿特区起，以经度来算已过了地球一半的地方。很巧的是，火车几乎在这一刻减速准备停车，又困又弄不清东西南北的我醒了过来（每次火车在晚上停车，我都会醒来，因为车子忽然不再规律地摇晃，轮子在铁轨上也不再发出让人放松的咔嚓声）。丽贝卡还在睡，我查了查全球定位器，想知道我们在哪儿，结果我们所在之处在地图上连个点都找不到。

车站月台的扩音器忽然大声响起，一个严峻的男声用俄语低吼着，他的吼声在清冽的夜空中回荡。我眯起眼看着窗外，只看到一片浓雾，把月台上路灯的光芒扩散成光晕。

我们在二等舱的四人铺位厢房中，唯一一位室友还在上铺睡觉。这位中年男子上车进入这个包厢时，用俄语对我们说了几句话，等到明白我们听不懂后，他在接下来的18小时里就一个字也不对我们说了。现在我只希望他会醒来，然后想办法透过肢体语言也好，告诉我们没什么好紧张的，但他一动也没动。

我正搭乘俄罗斯火车往东，进入西伯利亚深处。我好冷，好困惑，我发誓我正在体验传承自我妈的那些东欧祖先的嵌入式文化记忆。等我听到月台上传来几阵大声的砰响，我想大概只可能是下列情况之一：他们不是在换另一个火车头，就是在开枪射击犹太人和有钱的地主。

我把心一横，反正无论怎样都不是我能控制的，于是又迷迷糊糊地进入梦乡。

第二天早上，我们抵达伊尔库茨克（lrkutsk），读者可能记得，这名字是《战国风云》棋戏中一个恐怖分子的名字，不知道我会不会看到一个10英尺高的塑胶罗马数字在街头晃荡。

对丽贝卡来说，伊尔库茨克的主要景点是个小水族馆，里面养了一对纳帕海豹。纳帕海豹是地球上唯一的淡水海豹，而且模样讨人喜欢，它们的眼睛跟附近的贝加尔湖（Lake Baikal）一样深邃、黑暗。贝加尔湖就是它们的居住地（贝加尔湖是世界上最深的湖，从湖面到湖底的距离超过1英里，在历史上，至少有一艘俄国迷你潜水艇成功触底过）。

我们发现有纳帕海豹的“水族馆”原来是某个商业区地下室的3个房间，就在一家名叫“流行屋”的零售店下方。海豹的水栖地基本上是个大型浴缸，那一公一母的两只纳帕海豹，每半个小时就会做一场表演，一天表演10场。

看表演的观众包括我、丽贝卡和由祖母陪同的两个小孩。表演一开场，训练师要海豹演出一连串“噱头”，这些噱头包括唱歌（鼻孔发出放屁的声响）、跳霹雳舞（慢慢转圈）、画画（把一把刷子塞进海豹嘴巴，让它们时不时往一张纸上拍

打）和跳黏巴达（用鳍跳起怪异的狐步舞）。

水族馆的宣传单上说，纳帕海豹能用那双又大又黑的眼睛对人“催眠”，有时候训练师都会受到催眠，一开始喂食海豹就忘了停。我完全不怀疑这件事的真实性，因为这边这只公海豹实在肥得恶心，它简直快表演不出噱头了，它要使尽全力才能挪动硕大的身躯到指定的漂浮舞台，而且多数时候根本是在水里跳上跳下，像个充气过了头的救生圈。它的下巴大概有8层，脸上总是一副孩童般的期待表情，好像觉得很快就会有人丢鱼给它吃。

“除了你以外，”表演结束后，丽贝卡对我说，“那是我见过最懒的动物。但人家懒得有理，因为它比你可爱多了。”

我们从水族馆走到伊尔库茨克的区域博物馆。展览文字全是俄语，但看样子里面似乎有个“贝阿线”的展。“贝阿线”就是西伯利亚大铁路的分支“贝加尔到阿穆尔干线”，在脱离西伯利亚大铁路主线后一路往北，进入大半无人居住的西伯利亚荒地和俄罗斯远东区。

原始的西伯利亚大铁路主线（就是我们目前搭乘的这一线）建造工程始于1891年。沙皇亚历山大三世认为，铁路能让莫斯科和圣彼得堡与邻近中国边界的沙俄内地连接，对经济发展和军事运输极为重要。1916年铁路完成，首次能让人搭乘铁路横越广大的沙俄，从莫斯科到海参崴。

另筑贝阿干线的原因，是便于取得俄东北偏远地带丰富的自然物产。贝阿干线的建筑始于19世纪30年代，但工程很快就停摆了，主要困难是该区有永久冻土，使得铺设铁轨前必须先引爆炸药。好一段时间里，铁路的主要劳工来源都是囚犯（来自在共产主义下壮大的西伯利亚古拉格集中营）。后来，政府鼓励理想主义学生去西伯利亚，帮忙建筑贝阿干线替国家服务。

到了1991年，贝阿干线仍有一大段尚未完成，只是透过各种绕路途径仍能抵达终点阿穆尔。整个工程变得昂贵、危险，而且许多人都认为完全没有意义。不过，有一位俄罗斯运输官想放胆一试，提出花5000亿美金让贝阿干线包含一条从白令海峡到阿拉斯加的海底隧道。要是真造出这段路，现在我们说不定可以从伦敦搭火车到纽约，只不过绕的是远路。

我们现在正沿着蒙古和中国的北边走，与我们反向而行的货物列车上载着100英尺长的木材和巨大的油桶。

西伯利亚的这一区有树木丛生的山丘、放满大捆干草的草原，偶尔也可见宽广的灰色河流，景色颇美，这多半要归功于这片旷野。有时候这里有点像卡兹其（Cats kills），只是少了告示板和加油站。

不过，这地方在光的质地上跟别处有根本的差异，不知为什么，俄罗斯的一切都比其他国家来得单调：稀薄的阳光、退掉的色彩，就连人脸上的气色都不太好。跟印度这种朝气蓬勃的地方完全相反，在印度，金盏花触目的橘色或漂亮纱丽服的鲜艳紫色随处可见。

好吧，这里的木头房屋的确散发出讨喜的乡野气息，家家户户有人字形的横木、波纹状的屋顶，还有方形的迷你花园。但不知怎么回事，这些村子即使在8月的现在、一个阳光普照的下午，都给人一种冬天的感觉。我想，要是再积上一层厚厚的雪，这里肯定像在出丧了。

丽贝卡看腻了《战争与和平》，想休息一下，就开始看《古拉格：一段历史》，是记者安·艾普包姆（Anne Applebaum）对苏联劳改营制度的决定性见解。不难想见，艾普包姆所整理出来的事实、数据和秘史令人沮丧之极，书中提到一件令人心碎的怪事，就是整个古拉格系统有多么武断。

被送进西伯利亚劳改营的人，入狱原因不明，通常只因为某个高层官员心血来潮。一旦进去了，就会感到一股不真实的茫然，随着时间过去，囚犯可能变成警卫，警卫也可能沦为囚犯，犯人可能无预兆地就被释放，而且也不会知道被放的原因。生命毫无章法，不少悲剧死亡都是懒散的结果，比方说，在往东驶向劳改营（跟我们现在走同一条铁轨）的火车上，有些警卫拒绝让囚犯喝水，因为他们不希望发生厕所逃狱事件。不久，囚犯脱水而死，警卫就得处理他们的尸体。就我亲眼所见，这种漠不关心的马虎态度在俄罗斯人身上随处可见，从商店和餐厅里的人对待我们的方式，和散见全国、摇摇欲坠的工地建设就看得出来。人行道上全是碎石坑洞，全覆式地毯从来没覆盖到墙角，所有东西都是坏的，没一样东西会被修好，好像整个国家厌倦了这个集体存在，没人觉得快乐，也没人有动力稍作改变。

## 特有的俄式耸肩——懒得理你

同时，见过不少世面的我已成为比较肢体语言的学徒，我喜欢去了解不同地区的人所用的非语言暗示。例如，印度某些地方的人经常会做出摇头动作，一面连连点头一面把头左右摇晃，代表同意；在南欧，激动的说话者会向争执对象比手背；在日本，当然啦，鞠躬更是人人奉行如仪的指标。

但在俄罗斯这里，我发现普遍的肢体动作是“耸肩”。注意了，不是美国式，代表不介意，有时也代表勉强同意的那种哦！俄罗斯式的耸肩表达的是：“去你的啦，白痴。”肩膀会嫌恶、威吓地一耸，通常连带出现的包括皱眉、翻白眼、大声叹气和摊手。我们每次碰到这种情况（已经碰过不少次了），就更巩固了我对这是“懒得管你”的信念。

然而也有矛盾的地方，只要看看该国历史，就会发现这个国家几乎是热情过了头。他们有伟大的作家，托尔斯泰、陀思妥耶夫斯基写出宏大的主题和大胆的选择，他们也有优秀的舞者和作曲家，向外传播出浪漫主义。如果俄罗斯真是个耸肩国度，就不可能狂热追求抽象的理念，并不惜抛头颅、洒热血。于是我明白，这个国家可能还没从共产主义垮台的长久宿醉中清醒，只不过我还是难以把俄罗斯激烈如火的过去跟倦怠如死的现在联系在一起。

为了更了解俄罗斯人二分法的性格（也为了杀掉一些在火

车上的时间），我一直在读契诃夫自20世纪80年代晚期以来的短篇小说集，但每一篇都乏味得紧。契诃夫如此描述自己的抱负："我只想诚实地告诉大家：'看看你们自己，生活多么糟、多么可怕！'重要的是，大家应该了解，只要他们反躬自省，就很可能会创造出不一样的更好人生。"

契诃夫死于1904年，那之后没多久，俄国人的确开始尝试创造不同的生活。契诃夫笔下饱受空虚啃噬着的人物，似乎都在预示一股普遍的文化不满，这股不满最后导引出大革命，人民追求着更有意义、更和谐的存在，这是个美丽的梦，只不过最后以粉碎收场。

当然，我遇过面带微笑的友善俄罗斯人，也曾见证到那股展望未来的乐观态度。那些在伊尔库茨克的公共网球场击出正手拍的小女孩，绝对可能成为未来温布顿的网球明星；远东地区的哈巴罗夫斯克镇（Khabarovsk）沿着阿穆尔河建了一座可爱的公园，那就跟在阿姆斯特丹沿着运河散步一样漂亮、宁静。

不过，若要让我从在俄罗斯接触过的人当中，归纳出一项关键特质，那我会说：多数俄罗斯人心底似乎都明白，每一天的生活都是荒谬的努力。这解释了他们对创造不同且更好存在的狂热欲望（这反应是契诃夫预示过，而被列宁引发出革命的），也解释了一旦乌托邦的憧憬破灭后，俄罗斯人为什么变得灰心、阴郁，并嫌恶平凡的工作。

推翻政府，创造新政治系统，再打败希特勒？这类动荡不安的任务都可能让俄罗斯人兴奋起来。至于修补人行道、把地毯铺好、对美国观光客友善一点呢？

耸肩。

我好喜欢听火车轧过铁轨的咔嚓声响，有时候那声音是标准的3/4拍曳步舞，有时候又转成一首洋溢着异国风味的多旋律曲子。在火车转大弯时，金属的呻吟声和砰砰响又交织成一曲吓人的不和谐音调。不过，若一直是平稳的咔嚓声响，通常会让我想起我们走过的路程，日复一日、夜复一夜，持续向下一条经线进发。

我们现在距离中国边境不到30英里了，途中那些村民的五官都像要取得平衡似的，在种族延续尺上一点一点地接近亚洲的那端。事实上，这一区原本是中国的领土，直到1858年，一批沙俄军队集结于此，才迫使中国政府割让。

这是我们在西伯利亚大铁路的最后一段，相较之下，这段12个小时、含过夜的路程算是短的。我们为这段路订了一间有四个卧铺的包厢，暗暗希望会遇到有趣的室友，而不是打赤膊还带一条鱼的家伙。这场赌注没下错，因为我们的室友不仅随和友善，甚至还会说几句英文。

27岁的娜塔莉雅个头娇小，是个非常美丽的金发女郎，等我们知道她跟丽贝卡一样也是律师时，我们更开心了。她说她要去海参崴开法律会议，这列火车上还有其他几位律师，都是去开同一个会的。

我试着想象一群华盛顿特区律师，一同前往印第安纳波里（Indianapolis）开会（距离差不多）。他们会选择搭夜班的美国国铁，而不搭两小时的飞机吗？无可否认，对飞机抱有极度恐惧与厌恶的丽贝卡可能真的会这么做，但她会是唯一的一个。我想娜塔莉雅搭火车的理由，可能跟俄罗斯法律事务所和俄罗斯航空有关吧，但我礼貌地向她请教时，却惨跌进了语言鸿沟。

我们的另一位室友，是38岁的亚伯特，他说他有4个孩子，住在俄罗斯东北部的雅库茨克（Yakutsk），距离极圈不远（是的，你没弄错，这又是《战国风云》戏里的重要领地）。

亚伯特是萨哈族人，有黄铜色的皮肤和黑色的头发。

“萨哈族是俄罗斯的土著民族。”亚伯特说，他跟爱斯基摩人是同宗。

我们的交谈到这里开始变模糊了，他怎样都无法用简单的词汇来传达复杂的概念，但我相信他是想描述萨哈族人有一部分是成吉思汗军队的后裔，因为成吉思汗在很久以前曾占领过这一地区。根据亚伯特潦草的涂鸦和书写，我的理解是雅库茨克的气温最低可到零下90华氏度，而且经常在零下50华氏度左右徘徊。亚伯特的家人住在高架起来的房子里，离地30英尺，以免接触下方的永冻土，至少我认为那是他画里的意思啦，不然就是他家建在一只巨型蜘蛛背上。

我们半比半聊了一小时左右，虽然参与者全都表现出善意与热忱，但至少有2/3的内容在转换过程中蒸发掉。现在该睡觉了，娜塔莉雅连上衣和牛仔裤都没脱，就倒在自己铺位上，没几分钟就睡着了。我们会知道她睡着了，是因为她鼾声如雷，简直不像从那副四五十公斤重的身躯里发出的，诅咒就发生在最出乎意料的地方，可怕的打鼾陌生人又出现了。

## 破落的海参崴

第一道曙光在我们驶进海参崴时出现，我们抵达了西伯利亚大铁路的终点，俄罗斯铁路在蜿蜒6000多英里之后，在此画下句号，看到那些无止境、平行的铁轨忽然间在海参崴站告终，其实还挺令人震惊的。

海参崴为苏联海军的主要基地，距离边界不到100英里。近年来，这里却一头栽进了观光业和贸易业。

我抱着高度希望，心想这里可能会变成太平洋沿岸地区的熔炉，越发富有的俄罗斯远东人民聚集的大都会中心，以及邻近的中国、韩国和日本商人及旅客的主要汇聚点。

这城市所在的地点很壮观，位于一个多丘陵、多雾的半岛，周围环海，有点像旧金山——如果旧金山被抢掠猎食的僵尸攻击过的话。

人行道上满是碎石，马路一片泥泞、垃圾满地，海参崴也蒙受了俄罗斯普遍已极的市政恶化折磨。不过，这里的问题还多了一个：建筑潮几乎都停摆了。我们的旅馆旁边盖了一栋高楼，一、二楼已经完成，其余的29层楼只有水泥墙而已，工程似乎并未停摆，但每次我们都只看到一个拿钻子的工人，每隔半小时就休工很长一段时间，照这个速度，他独力把这栋高楼建设完成应该需要……哦，永远吧！

还不止这样呢，同一个街区内，半完工的高楼还有3栋，全都敞开着，上面的楼层都没有墙，风雨全灌进去不说，松松的泰维克板也在风中猛烈飞舞，或许是建筑商没钱了，也或许是投资骗局吧。根据这城市为流氓混迹之所的称誉来看，不难肯定其中必有内幕。

之前我们的盘算是，可以从海参崴搭渡轮到日本西岸，因此我们要办的头一件事就是确认真有这艘渡轮，然后买票。在港口旁边的一个海运站，我们找到那家渡轮公司挤在一起的几间办公室，但柜台的女人却传达了悲惨的消息：渡轮每周只有一班，下次出海时间在4天后。

整整4天啊！这么长的停滞期，要是福格绝对受不了，他会向轮船长行贿，或从俄罗斯太平洋舰队里强行霸占一艘海军驱逐舰。但我们不是福格，既然没有其他可行的办法，只得买了两张船票，乖乖回海参崴继续那首讨人厌的插曲。我们离开海运站时，下起了倾盆大雨，而且在之后的4天里雨都没停。

除非你把参观港口的俄罗斯海军船舰也算进去，否则这里的两大观光景点就只有当地的博物馆和水族馆了。博物馆就跟我们在俄罗斯其他地方参观过的一样，全是些吓人的剥制标本、老旧的人像油画和积了灰尘的地图。

至于水族馆，说明上写里面有一对大白鲸，让我们兴奋不已，但等我们看到白鲸的家之后，满腔兴奋立刻转为气馁：在突出于港口的一个码头尽头，有个围着网子的小栅栏，鲸鱼就关在里面，穷极无聊的俄罗斯小孩聚在码头边，以便把垃圾倒进栅栏中，而且他们的父母还鼓励这种作为（那些父母认为这是找乐子）。那两条美丽、纯白的鲸鱼浮上水面时，只见塑胶袋兜头而下，柳丁皮卡进鳍里，它们张嘴发出一长声屈服的鸣叫，听起来像是呻吟。场面令人忍不住难过，如果我们不是对住进俄罗斯监狱怕得要死，就会立刻潜进冰冷的水里，用小刀切断网子。

在俄罗斯的最后一夜（希望是啦），我们拿到旅馆酒吧供应的喜庆饮料，这里挤满一堆从楼下宴客厅的婚礼逃出来的人，大家都在微笑、喝酒，感觉像是能让我们笑着离开这个国家的美好回忆。

我点了啤酒，丽贝卡则试喝一种神秘的当地烈酒，我们举杯相碰，大口喝酒。丽贝卡大口吸气。

“是什么味道？”我问。

“你知道喝到劣质的走私酒有时候会让人瞎掉吗？”她反问。

“知道啊。”我说。

“味道就像瞎掉了。”

总算到了登上渡轮的时候，我们还提早几小时来到码头以防万一，绝对别想叫我们再在海参崴多待一周。

到了码头，我们发现这艘渡轮的主要顾客群是汽车转手商，他们搭船到日本买二手本田或丰田车，再押着车子搭船回俄罗斯卖，赚取利润（这说明了为什么西伯利亚有一大堆汽车的驾驶座都在右边，因为日本人开车靠左，俄罗斯则靠右）。其他在海运站等候的人，多半都体格魁梧、一脸坚毅，身穿俗气的皮夹克，这些人彼此似乎都认识，我猜他们每周都这样搭船来回吧。

登上船之后，俄罗斯人立刻走向上层甲板的酒吧，牛饮起来。船要两天后才会到日本，我有预感他们这段时间都会醉醺醺的，而我有预感我也会这样。

除了俄罗斯汽车销售员外，船上其他人似乎都是像我们一样的旅客，进行一样疯狂的陆路旅行。说真的，不然还有什么原因会让人搭上40小时的渡轮离开俄罗斯的太平洋岸呢？既然船上只有这么几位疯狂冒险家，我们立刻朝彼此靠拢，最后齐聚在酒吧的一张桌子旁，交换旅程中的大小事。

一个兴高采烈的日本人告诉我们，他从巴黎一路骑到海参崴，骑的是三轮货车，而且全程都是他一个人。他带我们往下走到汽车甲板去看，那辆三轮车就像阿姆斯特丹的荷兰花商会骑、后面载满郁金香花束的那种。这个人为什么要骑三轮车横越这么一大片欧亚大陆呢？不清楚。

桌旁的两位西伯利亚人则从贝尔格勒（Belgrade）一路骑摩托车过来，他们骑车征服了一条路也没有的蒙古沙漠。有一次，他们没水了，就整天没进一滴水地骑，祈祷能在黄昏以前抵达下一个蒙古包村落。这两个西伯利亚人都是高大魁梧的身材，身上是一路上累积的沙尘，那些沙尘好像连冲澡时都洗不掉，西伯利亚人真是强悍的角色啊！

我们都很高兴能一起聊天，也喝得越来越醉，最后，几个俄罗斯人也加入我们这桌，他们显然已经醉昏头了。

看样子，丽贝卡是酒吧里唯一的女人，而这些俄罗斯佬开始当起她的头号粉丝，不断把自己的椅子往她身边移，然后偷偷把我的椅子往外推。他们不断替整桌人点酒，而且每次都向丽贝卡敬酒。

这时，丽贝卡已经醉了，她享受着备受关注的感觉，但也灵巧地转移焦点，结果只让那些俄罗斯人更加卖力。

“裸—杯—卡，”一个名叫瑟吉的男人含糊不清地说。他目光蒙胧，前额发汗，“你—跟—我跳—舞好吗？”

我开始害怕了，预感到一场挥拳相向的大战大概躲不掉了，我可以清楚看见自己挂在渡轮的栏杆上，其中一个醉汉一面抓着我的脚踝，一面哈哈大笑。同时，丽贝卡会在舞池里，在难听的俄罗斯电子乐声中舞动摇摆。

感谢老天，还有西伯利亚人！我肯定要是情况失控，他们会当我的靠山，而且绝不会有人敢惹西伯利亚人的。

凌晨4点，我好不容易推着丽贝卡离开那群新朋友，走出酒吧，回到我们的舱房。她马上就睡昏了，我醺醺然地从舷窗里看了一会儿月色下的日本海，对自身的安全感到放心，然后也睡着了。

第二天早上，丽贝卡醒来，宿醉得很严重。

“我只是晕船。”她这么坚持，而且仍然不太记得昨晚发生的事。

她出去外面透透气，露天甲板另一头的30个俄罗斯佬全都兴奋地大喊：“裸—杯—卡！”叫得她大惑不解、苦恼之极。

阳光照进来后，我才发现我们的包厢原来糟糕得不得了。地板高低不平，莲蓬头水压不足，却仍让浴室地板积水，墙上还拴了一具有凹洞而且坏了的旧式转盘电话。这艘船建造于1986年的波兰，在得知“爱沙尼亚号”船难事件之后，我实在不敢说自己会对于搭乘一艘有20年船龄、由东欧人建造、俄罗斯船员操纵的汽车渡轮感到兴奋。

我们在船上的咖啡馆点了晚餐，但还没把盘子里的最后几口吃完，女服务生就把我们赶出去了。

“吃完了。”她边斥责边清理桌子。

我惊讶地望着她，她给我一个标准的耸肩作为回答。

我们以为在船离开海参崴港口后，就离开了俄罗斯，却没想到这艘船本身就是漂浮的俄罗斯缩影，连表示厌恶的耸肩、壮硕的醉汉和不坚固的设备都一应俱全。

我开始倒数起踏上日本领土的时刻了。

去他的！飞机
A Down to Earth
Journey Around the World

第四章

# 从日本伏木小镇到北京

## 井井有条的日本

我们的俄罗斯渡轮在上午10点左右抵达伏木港，伏木是日本西海岸的一个小镇，当我走下渡轮梯板时，就像脱掉一件哥萨克夹克般，俄罗斯的沉重阴霾立刻一扫而空，我再次感到放心，沐浴在第一世界的稳定中。

还在船上的时候，我们跟一位名叫聪的乘客交了朋友。聪是日本大学生，趁在莫斯科念完了一学期的空当回家度假，他要去东京，跟我们一样，因此我们决定一起旅行。

伏木火车站小巧可爱，简直像小孩子玩的模型火车组合配件，柜台员都不会说英文，售票窗口也不接受信用卡。巧的是，丽贝卡和我也不会说日文，而且我们刚下船，放眼望去也没看到提款机，口袋里更没有日元。

我们的新朋友聪自愿帮忙沟通，替我们三人都订了票，搭乘会跟东京子弹列车接轨的通勤列车，还替我们先垫了300美金的车票费用，他连我们姓什么都不知道，就高高兴兴地借给我们钱。

我真喜欢这样的日本，对外地人有高度善意（至少表面上是如此，有意融入日本社会的外国人就会遭遇一些根深蒂固、无法跨越的文化障碍）。几年前，在东京地铁站的月台上，有人拉了拉我的手肘，我低头看到一个小男孩，手里拿着5日元的铜板，大概是我掉在百十米远的路上了。小男孩冲刺了整个月台的距离才追上我，只为了还一个不过是5分镍币的铜板。

同一天，我向街角一个陌生人问路，那人不但没像俄罗斯人的最佳表现那样，边咕哝边指出方向，反而特地陪我走了半英里，以确定我不会迷路。

火车驶离伏木站，聪隔着走道跟我们聊天。他说，他搭乘西伯利亚大铁路的火车从莫斯科到海参崴，中途一次都没下车，那表示他连续一周待在没有淋浴间的火车上，而且一直都待在三等舱，周围挤满了俄罗斯民众。他像在解释什么似的，说自己是个俄罗斯迷，还说他简直等不及一念完大学就要回到莫斯科。

"你这么喜欢俄罗斯，真是有意思，"我说，"日本和俄罗斯这么不一样。"

"我喜欢混乱。"聪说，露出顽皮的笑容，"日本的每件事情都很有条理，太好预测了！"

或许没有比从俄罗斯直接前往日本更大的文化对比了。俄罗斯吵闹、邋遢、不修边幅；日本却保守、整齐、中规中矩。我们在西伯利亚大铁路火车上时，窗外的景象是一片荒野，偶有人迹，房舍稀疏、破旧。现在从日本火车上往外看，住宅区全都经过划分，庭院都有围篱，受到细心照料，铺好的马路上有漆色鲜明的马路标线。

在转车的空当，丽贝卡发现一台提款机，于是我们把钱还给了聪，并请他吃一顿日式猪排午餐作为答谢。地点就在火车站转角的一家餐厅，没有什么比炸猪排更能表达谢意了。不久，我们三人登上特快车，火车迅速加速到每小时140英里却平稳得犹如在缎面上行驶。我很快就睡着了，一直到抵达东京才醒，最后依依不舍地跟聪道别。

搭火车从西到东横越俄罗斯花了我们两周时间，考验了我们坚忍不拔的底线。搭火车从日本西岸到东岸，只花了我们几个小时，而且多数时候都在舒适且可后仰的座椅上打盹儿。

在东京旅馆干净的房间登记入住后，我们卸下背包，倒上铺着干净白床单的床，“啪”的一声打开平板电视，再次想起自己已置身在一个截然不同的国家。之前在俄罗斯时，那里的人仍在尝试习惯这个资本主义的世界，因此多数电视广告都用平铺直叙的促销手法，因此，即使我听不懂俄语，看俄罗斯广告却毫不费事。

广告里全是这类的台词：“哎呀，糟糕！桌布上有污渍，妈妈会骂人的！幸好我们有这瓶高效能洗洁精！”

在日本却不是这样，惯于世故的消费者已厌倦了简单的促销手法，广告商不得不采用更异想天开的点子。现代日本的电视广告已发展成抽象符号加声音的大杂烩，一段30秒钟的标准日本广告差不多像这样：有个男人抱着一只长颈鹿，长颈鹿变身成一道彩虹，彩虹是一支会说话的铅笔的朋友，他们一起住在太空船上。几秒钟的大笑！一段嘈杂的雷鬼乐！淡出。

至少半数的时间中，我完全不知道广告主打的是什么产品、有什么功能，但我仍非常喜欢看这些广告，它们就像药效短暂的迷幻剂。

## 东京的相扑比赛

在种种引人疯狂的电视节目中，我们得知有场相扑大赛将在这一周举行。我老早就想体验现场看相扑了，于是找出赛场地点，第二天早上就搭地铁过去。

跟纽约一样，东京的地铁路线图也跟炒面一样乱七八糟，但东京地铁上拉吊环站着的乘客却安静多了，而且地铁车厢的地板干净到可以让你把倒在上面的炒面酱汁舔干净。如此鲜明的对比让我认定，东京是虚幻世界版的纽约。

东京的繁忙、浮华和高楼大厦的密集度不比纽约少，但纽约的腐败气味、满地垃圾和偶发的粗鲁言行在东京却很少见，就连这里的计程车司机都不愿一生气就乱按喇叭。

在拥挤却安静的地铁车厢中度过一段时间后，丽贝卡和我抵达了国技馆的赛场。我们在门口买了两张位于最高最远区的便宜票，丽贝卡向前面一个摊位租来一架手持迷你无线收音机，好收听播报台传来的英语播报。

国技馆反映出日本对相扑近乎信仰般的尊敬，外表不像体育馆，反而更像个寺庙。尖顶木头雕花屋顶高悬于相扑场地30英尺的上方，如果这里是棒球场的话，那块空间足以放置超大型电视。

这里给人一种相扑选手是在圣殿竞技的感觉，正厅里不见任何广告，与东京其他地方到处充斥广告的情形相反，扩音器也不会在赛间空当播放音乐。座位上铺着又厚又软的酒红色绒布，还有穿马裤的服务生在一排排座位间穿梭，贩卖茶点。观众都很热情，但仍然彬彬有礼且恭敬。总的来说，跟看美式足球联盟比赛的气氛完全相反，足球赛上通常是重金属乐团、比基尼比赛和集体打混。

相扑的规则很简单，你必须推倒对手或迫使他到方圆15英尺的场外。共有82种官方认可的获胜技巧，其中包括“顶膝后仰”、“搂膝压倒”、“挤倒”和“拥抱推倒”（我想象两个选手亲亲爱爱地使出这一招）。

丽贝卡一面听着收音机里的播报，开心地喊出选手使出的获胜手法（“挤倒！好！”），一面吃着她从摊子上买来的一袋章鱼烧。

相扑通常不到一分钟就比完了，有时更是一眨眼之间就结束，比赛与比赛之间的空当就由繁复的仪式填补。在开始扭打以前，所有参赛者列队出场，在场外围成一圈，他们穿着手工制作、镶着珠宝、价值百万美金的围裙，围裙盖住他们的腹部、大腿和膝盖，但屁股和乳头却暴露在外。让这些肥胖的家伙穿上根本可说是丁字裤的衣服比赛，当初作出这决定的人一定很有幽默感，不然可能是这人对特大号光屁屁上的肉窝有着诡异的变态迷恋吧！

坐在这里，我一面看着日本典型的生动场面，一面拿筷子从放在大腿上的便当盒里夹串烤鱼贝来吃。我猛地醒觉：我们已经到了地球的另一边。

我像在看一本快转的手翻动的画簿，在脑海中画出我们经过的轨迹，看着我们的行进路线滑顺地经过大西洋的灰色波浪、欧洲拥挤的鹅卵石、俄罗斯空旷的森林和日本海上和缓的波浪。才不过几个星期，我们就从华盛顿特区的沙发上来到了东京中央的赛场。

没错，要是搭乘757客机，我们能在大约14个小时内就经过同样的路程；但同样的，想象一下如果我们是在几百年前，在陆路交通不发达之前这么旅行呢？比方说，英国清教徒横渡大西洋花了66天，我们搭渡轮只花了9天，此外，在西伯利亚大铁路完成以前，从俄罗斯荒地的一头跋涉到另外一头会需要好几个月，现在搭火车走同样的路只需要不到一星期。

在刚开始旅行时，我曾经以为自己会觉得地球表面辽阔不可及。当然，我们也是历尽辛苦才经过了每一英里路：坐在火车站的地板上，在大风呼呼吹的码头等待，糊里糊涂地通过边境检查，但我绝不希望让这趟旅行给人得来容易的感觉，因为实情并非如此。

不过到目前为止，这段旅行中最惊人的发现是，这世界还没被征服的地方似乎不多。就算不搭飞机，你也能颇为容易且迅速地在任何有人居住的两地之间来去。如果我们全速冲刺，就可以从华盛顿特区走陆路西行达到东京，只要大约13天或更短的时间。日本实际上比我想象中近得多，就目前看来，世界似乎比我们离家以前小上许多，也因此更便利而脆弱。

然而，这种世界变小的厌觉其实是错觉。实际上，我们并没有走过半个地球，大部分的地方我们根本没去过，之前也只经过北半球中间、球面比较小的几段纬线，还没南下到足以感受地球上大多数人口聚集的地方呢。

我们可以明天就跳上从横滨港出发的渡轮，继续这场软脚虾式的北半球短程旅游，于10天后抵达洛杉矶，但那样就是作弊！要完全体验这个星球的大小，我们需要暂停东行，现在是该来个急转弯往右，开始跨越纬线，而不是一味跨越经线的时候了！

要完成一趟百分之百、规规矩矩且官方承认的环游世界旅行，你必须达成三件事：一是出发和归返都在同一个地点；二是以同一个方向跨越每条经线；三是经过两个对应点。

对应点是指地球表面上，位于地球直径两端的两个相对点。举例来说，最明显的两个对应点就是南北极。经过对应点降低了只绕地球一小周的机会，因为你必须绕一个“大圈”，把地球表面一分为二（最明显的例子就是赤道）才行。

没有对应点的要求，你可以跨过每条经线，却没走出多远的距离。比方说，想象有两位探险家比赛绕地球一周好了，一个费力地跋涉过整条赤道，另一个却在北极上跳了一个小圈。尽管两人都跨过了每一条经线，但我想你会同意两人的功绩是完全不同的。

虽然丽贝卡和我并没有在北极跳吉格舞，但也没有绕一个大圈，对像我们这样的初级陆路探险者来说，很不幸的一件事是，行经两个对应点的难度非常大。地球大部分的陆地在北半球，要在赤道以下找到一个位于陆地上的相对点并不容易。有一组对应点位于印尼和厄瓜多尔，另一组对应点则在智利的某个镇和中国的某个村，第三组对应点则在西班牙和新西兰。我们难以找出实际的情况，能让我们走过上述任一组对应点而不至于太偏离原本路线。（其中有些地方实在偏远得不像话，我不敢想象要搭乘什么陆路交通工具才能到得了智利的瓦尔迪维亚（Valdivia）和中国的乌海，而后者还在内蒙古自治区内等着我们。）

那么位于海上的对应点呢？要经过这些点，得靠现有的货轮路线和客轮公司大发慈悲。而就我们的最佳理解来看，这些都帮不上忙，除非我们可以买、借或偷一艘经得起风浪的船，驶进南太平洋的无人地带，否则我们不可能做到。

但我们还不准备放弃，经过仔细研究和讨论，丽贝卡和我决定，如果能够做到以下四个条件，就可以合理宣称自己环绕了地球一周：一是出发和归返都在同一个地点；二是以同一个方向跨越每条经线；三是经过赤道；四是至少要走过2.5万英里路，这也是绕地球大圈的长度。在初级探险纪录中已有允许这几条更改标准的先例，因此我们甚至不认为这样算作弊。

这样的先决条件对我们的旅行路线有何影响呢？这表示我

们必须更往南，往赤道走，才能够跨越赤道。既然我们目前在一个岛上，要达到这一项就需要找一条船什么的。我们在网络上找到一家从东京驶往上海的渡轮公司，预计一旦抵达亚洲大陆，就能搭火车、巴士或汽车南行，前往距离赤道非常近的新加坡。

可惜，我们搭渡轮的愿望因为天公不作美而破灭了。

## 时髦准时的子弹列车

“我在查海上天气预报。”丽贝卡边说边点击网页上的选项，“情况不妙，好像有大台风朝日本刮来。”

这表示接下来的48小时在海上会很冒险，我们宁可不要两天都趴在渡轮栏杆边，对着下方30英尺的海浪呕吐，或者还有更糟的，手忙脚乱地爬出倾覆的船。

于是我们冲动地决定跳上下一班从东京出发、往南行驶的火车，这样至少我们还算往正确的方向前进，而且再过几天似乎就有另一艘开往中国的渡轮会从神户出发，希望到时台风已经过了。

往南向神户前进也给我们另一个搭乘子弹列车的理由，毫无疑问，这种东西是世界上最酷最便利的日常陆路交通方式了（是的，针对你一定会问的那个问题，我的回答是：魁北克轨道缆车也在内）。子弹列车时髦、安静又有型，而且准时的次数多得叫人吃惊。

当子弹列车进站，你只要看一眼车站月台上方的数位时钟，就会发现当车轮“嘎”一声停止、车门“啪”地打开时，一律发生在预定抵达时间前后的5~10秒。一列车接着一列，又一列、再一列，任何一个固定跟美国国铁打交道的人，在目睹这批准时的子弹列车阵仗后，都会大吃一惊，紧接着感到愤怒，最后沉浸在认命的悲伤情绪中。

我们要搭的这班列车当然也在预定时间中进站了。我们的座位在一扇大观景窗旁，车厢服务生推着载满日本美食的推车经过走道，等我脱了毛衣坐定，车速已加快到每小时140英里，公寓大楼、近郊住宅和稻田变成模糊的一团从眼前闪过。这趟前往神户、近300英里的路程在我还没看完杂志以前就结束了。

20世纪50年代，介于东京和大阪之间长达300英里的铁路走廊因为“轨道车辆”（铁道迷对“火车车节”的戏称）众多而变得拥挤，现有轨道上没有增加其他车辆的空间，使得车位供不应求，乘客过度拥挤的问题必须设法解决。

日本政府开始初步计划建设一条高速度、高载客量的新火车线，他们认为设计给速度较慢的火车使用的旧铁轨转弯弧度太大，不适合以时速130英里行驶的子弹列车。此外，也决定不可在旧铁轨旁铺设簇新的铁轨，因为旧铁轨和车站附近已盖满了住宅区，没有空间容纳新建设。他们必须策划出一个全新的系统才行。于是，新路线规划好了，新车站月台也设计完成，不仅经得起子弹列车全速驶过所带起的气流，而该气流足以吹倒月台上站着的行人。

第一条新干线列车于1964年开放通车，恰好在东京奥运会时亮相，几乎从一开始就获得热烈好评。旧式火车从东京到大阪要花6个半小时，新干线却只要4小时，一年后更缩短为3小时10分钟。子弹列车的乘客在几年之间多了一倍，几年后又多了一倍，不久，新干线还延伸到了其他城市。

前铁道局长山之内秀一郎（Shuichiro Yamanouchi）在他

古怪迷人的回忆录《要是没有新干线》中，曾设想过日本没有新干线的生活会是如何。他的想象实验从几个基本事实出发：从东京到大阪的新干线，每5分钟发一班，每列车共有16个车节，每次载运1300人。根据这个事实，他问：日本有无可能以巴士、飞机和汽车取代这些新干线呢？

用40人座的巴士载运这些新干线旅客，巴士必须每10秒就开一班，整天不停。若用飞机，那么原本已经是世界上最繁忙的空中路线（刚好就是东京到札幌，札幌是日本北海道的一个城）就会再拥挤9倍。至于汽车呢？秀一郎先生引用《经济学人》的理论说：“如果每年搭乘这些特快（新干线）列车的几亿人口全都改成开车，将造成至少1800件死亡和1万件重伤事故。”相反，新干线的通行史上，只发生过一次乘客死亡的例子，而且该乘客是被关闭的车门所夹死的，此外从没有因撞车或脱轨而使乘客丧生的记录。

而虽然秀一郎先生并没有这么问，但我却想问：“为什么高速火车并没像在日本一样，也在美国风行呢？”有些理论将美国国铁差强人意的表现归咎于其为国营事业的事实，或称那些加入工会的劳工倔强得不答应替国铁做必要的修补。但日本铁路也经历过苦涩的劳工纷争，而且值得一提的是，日本直到20世纪80年代才让铁路民营化，那时新干线昂贵的基础建设和庞大的搭乘人口早已成定局了。

当然啦，日本的地貌显然是高速铁路建设的诱因。包括东京、大阪、神户和广岛在内，日本的多个大城人口密集，沿着日本岛连成一线，使得铁路得以一路直铺，无须呈树状图那样迂回而行。类似的情况也有助于美国国铁的半高速火车亚瑟拉（Acela），在美国拥挤的东北走廊获得小小成功。

但是到头来，最重要的因素或许还是文化上的。火车是团体形式的运输，为了换取舒适的便捷度，火车必须牺牲一些自主权、个人空间和自我表现，日本人跟我一样，可以接受这点，但大多数美国人似乎就不太在行。

就务实面来说，建造一条从洛杉矶到拉斯维加斯的高速铁路可能非常有意义，但大家就得不到横越沙漠那种英雄般的驾车之旅了。你是愿意当上千个从拉斯维加斯车站出来的陌生人之一呢？还是宁可踩下敞篷车的油门，驶上开阔的高速公路，偶尔在路边的小馆停车吃一客汉堡，然后敞开车顶，在拉斯维加斯大道上缓行，宣告自己独特又劲爆的到来呢？

一个比较合理，另一个比较美国。

神户是人口为1500万人的港市，位于连绵的山脉和一个港口之间，拥有滨海人行道、大量高级购物商店和放松的氛围。外国人对神户可能比较熟悉的，应该是发生于1995年的神户大地震，造成超过5000人丧生。这里的一家博物馆展示出该地震的影片，其中有一段被便利商店的闭路摄影机拍下的悲惨静音影片（一个顾客正准备拿货品，忽然间架上的东西全都飞进了空中，仿佛商店是在一颗被人强烈晃动过的雪景球里）。

## 举世闻名的神户牛排

这个城市广为人知的另一件事就是举世闻名的神户牛排，神户牛肉有着令人垂涎的大理石花纹，或许是因为备受宠爱的牛会固定接受按摩并饮用大量啤酒之故。叫我过过这种牛的生活我可一点也不介意，但只限于骤然终止生命那一刻以前。

不过，对专心致志的陆路旅游人士来说，神户最令人注目的景点其实是海事博物馆。我们一抵达这个城市，就把它列为首要目的地。那里也没让我们失望，因为我们兴奋地发现，里面有关于货柜运输的完整展览。

神户的货柜港口建于1967年，是当时日本的第一个货柜港。到了1973年，神户已成为世界上最繁忙的货柜港，整船整船地出口日本相机和高传真音响。但此后的排名就稍稍下滑了些，大地震有害无益，不仅中断了港口运作，也破坏了在市区来回行驶的货车路线。不过，神户港仍是大货运中心，完全值得收录进海事博物馆点亮了的透视画馆和低成本教育影片中。

那部影片有英文配音（只要你找得到该按哪个钮），说明了加州采收的一根芹菜如何进入神户一个小孩的午餐便当盒内。我们看着这根芹菜被装上美国的冷藏货柜，搭货柜船在大西洋上漂行，然后抵达日本，被装进等待着的货车。这部短片由动画版的“货柜教授”和他的机器小助手主演，看得人津津有味，但我不太懂片中为什么要呈现出机器人从无人看管的货

柜里偷清酒喝，还喝得酩酊大醉的情景。

博物馆的地下楼层是所谓的“川崎好时光世界”，这个受到赞助的展览陈列了“川崎重工业株式会社”令人振奋的历史。创始人川崎正藏在18世纪头10年末的神户建了一座造船厂。这里除了一大堆川崎机车、飞机、喷气机以外，还有川崎设计的轨道车辆照片和模型。事实上，原始的零系列新干线还是川崎在1964年制造出来的。展览中也包括第一部子弹列车完整尺寸的复制品，“子弹列车”这个昵称便是来自于其圆滚滚的车头造型。

对于我来说，川崎好时光世界里的重头戏自然是名叫《搭火车去Ⅱ》的电动游戏了，据说那是因为当初的《搭火车去》游戏大受欢迎而推出的续集，玩家的任务就是驾驶新干线，最后安全开回人口众多的车站月台。在一开始的轨道上，我玩得还不错，但每次停车时我的动作总是慢了一拍，只得用力踩刹车。一个动画绘制的日本女人重重撞自己的头，大声尖叫，荧屏闪过几个日本字，我猜大概是说：“游戏结束，你这个粗心的笨蛋，车上所有的人都被你害死了！”

## 搭“燕京”号去中国

台风走了，根据丽贝卡对多个线上气象雷达的评估，接下来几天海上应该会风平浪静，我们认为最好把握机会，搭渡轮回到亚洲大陆。

中国特快船公司每周发一班船，从神户出发，航行两天，抵达中国海岸位于北京东南方约100英里的站点。我们已经从爱沙尼亚渡轮上“全世界最可怕的房间”里学到了教训，知道船上集体住宿的危险，因此这一次我们从该公司网站的英文网页上，预订了一间私人包厢。

谁会搭渡轮从神户到中国呢？人们会选择搭船过海的务实理由，通常是因为携带了重物（如汽车，或是多辆汽车，跟伏木到海参崴那段航程上的俄罗斯佬一样）。但如果你没有行李，这一段路程也可能是少数搭船比搭飞机还要实惠的例子。日本到北京的飞机票价贵得离谱，五六口人的一家子（我看了看在渡轮站等待的其他乘客，的确有不少大家庭在内）如果选择搭慢船去中国，一趟就可以省下好几百美金。

我们的船是“燕京号”，大小跟我们从海参崴搭的那艘旧式俄罗斯船差不多，但气氛可就热烈多了，船员微笑着等我们登船，还用红纸灯笼装饰主甲板。之前的俄罗斯渡轮上有脏兮兮又破烂的深红色地毯，“燕京号”上则铺着亮丽干净的黄色油毡。

驶离神户码头后，我们的船从几座庞大的吊桥下经过，在日本内海上有着苍郁山丘的岛屿中航行。有一次我还看到一艘半沉入水中的军事潜水艇悄悄跟在我们后头，潜水艇的距离近得我可以看到站在小胸墙上的日本士兵脸庞。我快手快脚地拍了几张照片，潜水艇就加快速度、悄无声息地消失了，水面上几乎没留下涟漪。

那天下午，我们就看着货轮和邮轮在货运航道里来来去去，傍晚6点整，一个中国女人的轻柔声音从公共广播系统中飘来，先说了一遍中文，又以轻快、抑扬顿挫的英文说了一遍。

“各位先生、女士，早安。”她这么开始，“夕阳西沉，傍晚已经来临，希望一顿精致的晚餐能让您忘却一天旅行的辛苦。”她那慢条斯理的语气让人听了就舒服，好像我们登记入住的是一家水上静养院。

当我们来到餐厅时，大概有30位其他乘客已经坐在里面了，个个都从冒着蒸汽的自助餐厅式托盘中拿鸡肉糊和浓粥状的饭。这些乘客当中有4个西方人，其中3个围坐在中央的一桌旁，第四个是一位绑着马尾、留着鬓角的枯瘦长者，正独自在房间另一头的角落望着窗外吃饭。

我很乐意坐在全是中国人的那几桌旁，那些全是好几代同堂的家庭，小孩在桌子底下乱跑，当祖母的则拿着奶瓶喂小婴儿喝奶，但看样子他们没人会说英文，而且没被邀请就坐进人家家族里很没礼貌，甚至很怪，搞不好还会惹人厌。因此我们最后还是跑去跟那3个白人一起吃。

没想到他们都是友善的标准背包客，喜爱户外活动的澳洲夫妻正在享受为期3周的亚洲假期，把搭乘这艘风景优美的渡轮视为搭豪华游轮的实惠选择。第三个白人是个宅女模样的英国年轻人，她大学刚毕业，出来四处游玩，细框镜片后方，若隐若现地透着茫然的神情。她买的优惠渡轮票位于下层甲板，那里的木头地板上整齐地铺着好几张榻榻米垫，她的位子就是其中之一。她说，其他垫子上全是中国人的家庭，就像现在在我们身边的那些，有些人的小孩已经换上睡衣准备上榻睡了。这段话让人遥想起那个“全世界最可怕的房间”。

我们很享受跟这几位进餐伴侣在一起的这顿饭，但我的心思却不断飘向角落的那个白人长者。他穿着一套褪色却高雅的亚麻西装，一双真皮凉鞋，但他特别的胡须、偏头的模样和细心绑出的马尾就是流露出一股傲气。

趁着大家谈话的空当，我朝他的方向偏了偏头，问桌边的人：“那个人怎么啦？”

英国女人迅速转头瞥了一眼。“我之前跟他讲过几句话，”她说，“他是美国人，不是很友善。”

晚餐结束后，整艘船立刻成了空城，中国乘客全都回到各自的房间，我们从自动贩卖机买了几罐啤酒（自动贩卖机的啤酒真是旅游亚洲时的好物），拉那对澳洲夫妻跟我们喝一杯，然后就早早回房休息。

没有俄罗斯人的船上是多么安静呀！

上午8点，那女人天仙般的声音再度从包厢天花板上的扩音器里飘来。

“各位先生、女士，早安。新的一天开始了，健康美好的一日就从早餐开始哦！”

此时船正绕过朝鲜半岛的南端，不久就会进入黄海，右舷经过平壤和大连，然后更往西驶入渤海湾，明天我们会在中国的塘沽港停泊。

天空澄净无云，海上风平浪静，船上许多年纪大些的中国人整天都在甲板上闲逛，穿着聚酯纤维的百慕达短裤和塑胶淋浴拖鞋。年轻些的中国人和小孩就待在休憩室，一部接一部地看电视上的武打电影。

## 神秘的马尾男

我拿望远镜看海鸥时，瞥到了那个神秘的马尾男。他躺在甲板的躺椅上，正在看一本封皮破旧的精装书。我偷偷把望远镜对准他，看到了书名：《机器的神话》。该书作者是路易斯·孟福（Lewis Mumford），那是本1967年的专著，描述社会、语言和科技之间的相互影响。这是本博杂难懂的书，我越来越好奇了。

第二天，海面成了沙色，航道变挤，中国海岸映入眼帘。我们正从后门进入这个国家，没有从机场登机门或火车站入境，而是在工业港口的寂寞渡轮码头登岸。我们完全不会说汉语，若能有人替我们在北京带个路就好了，但那几位背包客都要南下去上海。往好的方面看，这点让我终于有理由接近那位神秘、疏离的美国马尾男。

他还在主休憩室看书，刮痕累累的行李箱放在身边的地板上。

“请问一下。”我说。

他的目光离开书本，静静地审视了我好一阵子。

“您会搭火车去北京吗？”我问。

他点头。

“我们可否一同旅行呢？”我说着朝丽贝卡的方向胡乱挥了挥手，表示这项行动是我们三人同行。

他又不吭声地沉思了一阵，然后同意了，但流露出一股他宁可静静看书的感觉。他自我介绍说他叫拉克蓝，这样从塘沽搭船到北京很多次了，还说要是我们愿意，欢迎跟他同行。

没多久，引擎声静了下来，船沿着码头边停靠定。但这并不是真正的渡轮站，我们在船上接受海关检查后，下了梯板，走上水泥地的停车场，双脚才一踏上陆地，就被一大群逼得人透不过气的计程车司机围住。

“我们要先搭计程车去塘沽火车站。”走下梯板、来到我们身边的拉克蓝冷静地说。他手提行李箱，走进这群人当中，开始大声吼起汉语，另一只手挥来挥去。

他很快就被一个中年妇女挡住去路，她代表负责开计程车的丈夫跟拉克蓝协商，手指迅速地连比出几个数字，同时吼声连连。拉克蓝吼了回去（我甚至怀疑并不是他的汉语很流利，这只是世界通用的讨价还价语言）。她提出最后价码，拉克蓝高声大笑，背转过身。

“这个女人真是难搞。”他看着手表，低声对我们说。那女人用力戳起他手肘。

又经过几场小争执，这两人终于达成协议，我们把背包丢进计程车的后车厢，三人并排坐进汽车后座，那女人和她先生坐在前座。女人的脸色难看极了，我们猜想，拉克蓝一定谈到了很低廉的价码，替我们省了超大一笔钱。

“我们最后同意付多少？”计程车转弯出了停车场，开上公路时，我这么问他。

“三个人一共6美金。”他说，毫不掩饰扬扬自得的神情，“她还想要8美金哩！这人怎么这么死脑筋呀？”

塘沽火车站的人多得水泄不通，拉克蓝穿过人潮走向售票口，我们乖乖地帮他提行李箱。他回来时手里拿着3张车票，说火车再过一小时才开。

候车室就像仓库大小的混乱万花筒，装了尖叫的小孩、一群睡觉的男人、在地板中央大模大样野餐起来的人家。

拉克蓝往候车室里瞄了一眼，摇摇头。“我是拉丁人本主义者，不适合跟1.5万个中国人同处一室。”他说，“他们跟自己身体的关系非常密切。上次我从火车站搭计程车，司机先是吐痰、放屁，又点了根烟才发动引擎。”

于是我们离开车站，走到旁边的市镇广场去等，丽贝卡去逛对街的杂货店，拉克蓝则和我找到一条长椅坐下，我想跟他随便聊聊，随口问起他对最近美国政治的看法。

“噢，我最讨厌谈政治了。”他说，“到头来又会回到普鲁塔克和马基维里身上，不是吗？”

从这时起，气氛就开始走下坡，我无视他的托词，成功打听出他娶了一个越南太太，过去几年都住在河内，在那之前他住在泰国，已经20年没回过美国了。

## 旅游者的三种境界

无论何时，旅游人士或移居国外者在异地相遇（就像我和拉克蓝这样），双方都会迅速把自己排进某种阶级当中。图腾柱上最低的就是度假者，这种人把两三周的时间拿去度假，享受度假，却从没长时间离家，真正抛开他们的日常生活。

比度假者高一级的是静不下来的漫游者，我属于这一群。我们每次出游长达好几个月，甚至一两年，自认比那些度假者更经验老到、见过更多世面，但是到头来，那条蛛丝般的细链总会把我们拉回合理的情境中。我们这群静不下来的漫游者对那批度假者不屑一顾，但反过来，位于旅游丛林顶端的掠夺者——永恒飘游者——也一样看不起我们。

永恒飘游者抱着深奥、崇高的情操离家，从此一去不回，说他们是探险家也好，快乐主义者也罢，这群追求开悟的人对家乡毫不留恋，把根一刀斩除。他们认为自己是宇宙公民，飘然独立于任何琐碎的宗教联系概念之上。

拉克蓝正是标准的永恒飘游者，我就感觉到他用鹰钩鼻看我，不屑我对人类存在与目的的不成熟概念。不过，永恒飘游者有个难题，就是得想办法支付飘游的费用，你总不能永远流浪，而不变成……流浪汉吧？

我问拉克蓝的职业是什么。他说：“我是艺术家。”然后就避谈这个话题了。后来，他提及自己在曼哈顿的东城区长大，在学期间念的是上流子弟才会念的戴尔顿学校。等他说到“每个月都要跟律师谈一次”的时候，我就搞懂了，我很肯定拉克蓝是五十几岁的叛逆富家子。

快到上车时间了，丽贝卡从杂货店回来，买了零食好在90分钟的车程里吃。我们在拥挤的车站中穿过人潮前进，途经之处的人和东西都被我们的背包撞着，最后也跟拉克蓝走散了，而且没在人潮中看到他的踪影。我最后瞥到一眼他那褪色的米色西装背影，正朝月台另一头移动。我们找到还有几个空位的车节，上了车。火车的座位是硬硬的木头，座位窄得会碰到邻座乘客的手肘。

日落后没多久，我们抵达了北京火车站，搭地铁坐到天安门站，第一个看到的就是毛泽东30英尺高的肖像，然后我们徒步走到位于紫禁城高墙外的旅馆。

第五章

# 从北京到河内

出国旅游时，只待在旅馆房间看电视是没有意义的，但我却疯狂拥护无论走到哪里都应该随机看一点电视的嗜好。我相信当地人都会看电视，因此我们应该看看每天晚上传输进他们客厅的究竟是些什么内容，就当成社会学研究好了，顺便借此一窥当地文化。

## 旅途中最大的挑战

我们在北京旅馆房间的电视机只能接收中央电视台，别的几乎没有。大部分英文节目都带有少许宣传意味，有时候在节目与节目中间，会播放几段国内即将上映的新电影预告片，从预告片看来，都是有高制片价值和迷人演员的电影。

有天傍晚，在一堆电影预告和剪彩影片当中，有段镜头吸引了我的注意。这段新闻报道说，有个名叫杰森·路易斯（Jason Lewis）的英国人刚完成一项人力环游世界的壮举，不用引擎也不搭船，只踩脚踏船、小艇、脚踏车、滑轮鞋和两条腿。

不搭飞机绕地球一周已经够难了，我实在难以想象环游世界一周却连任何引擎都不用会是什么情景。就连路易斯本人似乎都低估了这么做会遭遇的困难和要作出的牺牲，他以为这个计划会花上两年，结果却花了13年。他起程时26岁，完成时都快40岁了，有时他还不得不暂停探险，搭飞机回家筹措资金或养伤，再回到之前所在的地理位置。

路易斯有几项成就的确惊人之极，他踩滑轮翻越洛矶山，花了73天踩脚踏船从夏威夷到太平洋中心的一个珊瑚岛。中途还避开了一只有攻击性的鲨鱼，跟害他原地猛踩却前进不了的逆流搏斗，同时更染上一种海上病原体引发的毒血症，甚至有段时间还因为太过寂寞而得了多重人格分裂症。他在澳洲划小艇时，遭到咸水鳄鱼攻击，在科罗拉多州踩滑轮时，被汽车撞断了双腿，又被埃及军方当成间谍嫌犯扣留。

尽管衰事连连，路易斯最困难的挑战却是跟另一个人相处。原本的计划是，路易斯会跟朋友史提夫·史密斯（Steve Smith）一起环游世界，但第一段路还没走完，在踩着改装过的独木舟西向横越亚特兰大时，这两人就开始嫌弃对方，起了争执。我觉得，这种事是可能发生啦！因为你整整84天都在海上，26英尺长的船上就只有你和另一个人，而且没别的地方可以去。于是等这两人抵达北美大陆，史密斯马上退出计划，回家去了。

我想，丽贝卡和我对这件事能寄予一定程度的同情，我们已经一起旅行两个月了，日夜不离：待在同一个火车包厢、船上卧铺，偶尔还一起睡在地板上。我们旅行途中很少离开对方的视线范围，就怕在拥挤的车站月台或马路上走散。我们说起旅行经过时，别人常常会问——而且都尽可能小心地措辞——我们相处得好不好。之前那个伙伴拉克蓝就不怎么委婉地说：

“还没掐对方脖子呀？”

任何长期伙伴关系都会有弹性疲乏的时候，引发争执的通常都是小事（“你把地图弄掉了吗？” “乱讲，当然没！嗯，说不定……”），真正的冲突发生在表面下的深处，两人性格构造上的差异由于日夜接触而靠紧，偶尔会被磨碎。

在火车包厢上共度50个小时后，或在海上货轮共度5天，对两人共同生活带来的试验都比搭飞机相邻而坐6小时来得大。由于欢乐感和紧张感都会被扩张，你选择同游伙伴时必须极度谨慎，我的选择就很明智：丽贝卡并没有在半路上抛弃我，即使我把隐形眼镜药水忘在从神户出发的渡轮上。

## 快速发展的北京

我们在北京注意到的第一件事，就是建设的速度。这里光在我们旅馆方圆3条街内的范围中，没破又被擦得晶亮的玻璃数目就比我在整个俄罗斯看到的还多，到处都是起吊机，新的高楼大厦似乎每隔半小时就多一栋。

抵达这里的第二天早晨，我们决定搭地铁到市区另一头的首都博物馆。我们查了地图，知道要在哪个地铁站下车，丽贝卡认为搭地铁应该容易得很，因为全市只有两条主线。逛完了博物馆，我们走下楼梯，进入地铁站，却看到一群工人正在贴出修改过的新地铁路线图。他们竟然在我们闲步逛博物馆展览的时候，就开通一条全新的地铁线了！

以这个速度来看，我大概可以期待等我们逛完回到旅馆，会发现屋顶上有条全新的单轨列车呜呜驶过吧！搞不好大厅里会有电车隆隆经过，旅馆房间的衣柜里还开了一家肯德基分店哩！（这里的人真的很喜欢肯德基，菜单都改成了中式拼盘，还有像皮蛋粥这样的东西。）

我们来这里时，正是北京奥运会如火如荼的准备期间，整个市区都是崭新的运动器材，空气中弥漫着迅速发展的兴奋感，大家似乎都把奥运会当成现代中国初次登场的派对。政府态度坚定地要让奥运宾客留下好印象，因此国营电视台都播放着公共服务宣传片，昭告北京市民如何与外国观光客交流。公宣片教导民众用英文说："欢迎来到北京！"劝阻一些当地人可以接受、外人看来却稍嫌粗鲁的行为，例如：随地吐痰。

我还注意到当地人的两种行为，而且很巧的是，这两种行为的展示者通常是中国老妇：

（1）在交谈中，中国老妇有时会发脾气，然后无预兆且突然地加大说话的音量和速度。这件事已经在我们身上发生过好几次了，多数都在跟摊贩买东西而我们不小心给错钱的时候。由于这些女人说的是我们听不懂的汉语，她们的话听起来就像："叭叭啦叭叭，叭叭叭叭叭！"加上一副凶狠相，这种句中突升调真的很吓人。我趁空闲时练习过，因为我觉得有一天这一招说不定能在跟人吵架时派上用场，要赢得争吵，我唯一的希望就是让对手心脏病发作。

（2）为了引起你的注意，中国老妇有时候会拍手。就在你面前，而且很有冲击力。我也练过这个技巧，偶尔也用在丽贝卡身上。（为了达到最大效果，最好在这个拍手音爆过后，紧接着使用震慑人的句中音量突大术，然后再往地上吐一口痰。）

对丽贝卡来说，最让她着迷的是学到汉语里并没有说"不"的统一用法，这个语言里就是没有。要表达否定，你可以用"bu"（不）这个字，意思等于英文的"not"，后面接上合适的动词。所以如果有人问外面是不是在下雨，你可以回答"Not is"（不是）。或者，如果有人问你想不想去看电影，你可以说"Not want"（不想）。我却觉得，这么说听起来比未经修饰的英文no鲁莽多了。

可爱的丽贝卡立刻爱上了这种鲁莽。整个下午，她只用“not x”的句型跟我沟通：

“丽贝卡，现在几点？”

“Not know（不知道）。”

“丽贝卡，你有没有带地铁图？”

“Not have（没有）。”

“丽贝卡，你这样很烦。”

“Not care（不在乎）！”

这天恰巧是国庆日，纪念1949年中华人民共和国成立。上千人聚集在天安门广场附近，站在毛主席的巨幅肖像画下方，就像在除夕夜涌进时代广场的那些“外来客”[①]，一批批涌进这里庆祝这个节日。

要看出哪些是乡下人很容易，因为多数年轻北京人的穿着换成美国城市当背景还不算奇怪，但那些乡下人穿的衣服却都是30年以前的样式了，其中也有很多手工做的衣服，像是织得不整齐的彩虹毛衣，缝得歪七扭八还褪了色的花裙子。

但真正出卖这些人的是他们的眼神。每个乡下人看到高楼大厦或闲步走过的城市辣妹，都张大嘴巴合不拢来，而真正的都市人则定定注视着街角一辆出租车，摇摇晃晃地前往拥挤的行人穿越道。

---

注：①指需要过桥和隧道进入曼哈顿的人，即住在曼哈顿以外的人。

## 黄金周一票难求

除了大批的乡下人之外，国庆日也代表了“黄金周”的开始，这个长达一周的假期。“另一个长假落在农历新年”，能让每个中国人休个够长的假，探访住在遥远城市的亲戚。

至少有1.2亿中国人会在黄金周里旅游，丽贝卡和我当时还不太清楚这假期有多大、又会把我们的计划搞得多惨。昨天，我们去了火车售票亭，想问过几天往上海的班车有没有位子，柜台后方的男人竟然当着我们的面大笑出声。他用中文对隔壁的同事说了几句话，然后那个同事也开始对我们大笑了。

进出中国各大城市各种形式的交通管道都被订满了，民众只得使出非常手段。《中国日报》有篇报道，有个在北京的男人买不到巴士票回朝鲜边境的丹东老家看家人，在试过各种想得到的办法都没效之后，恼羞成怒的他不买票了，反而买了一辆脚踏车。他准备回家的这600英里路程都骑脚踏车，这段路差不多要9天。我是不太懂他的思维方式啦，因为等他抵达丹东，假期都结束了。但反正这是他家的事，我的重点只是：丽贝卡和我在这段时间内出不了北京了。

那男人的长程骑车计划却让我们动起了脑筋，弃绝那些火车啦、船啦，踩两辆十段变速脚踏车上大马路，让风呼呼吹过发际，说不定感觉会很畅快。我们一直让渡轮船长和火车驾驶替我们握方向盘，靠自己操纵一次不是感觉很伟大吗？就算只是操纵许文牌（Schwinn）自行车也好啊。

买两辆自行车，骑上不确定的路途前往新加坡似乎太过冒险，但我们却找到了一个自行车团，他们几天后会从河内出发，往南前往西贡。一般来说，我对组团旅游行程都不感冒，因为我讨厌跟一群陌生人成天待在一起，但若加入这趟自行车旅游，却能让我们运动僵硬的筋骨，也与赤道更接近几百英里。

由于要在这一周离开北京非常困难，加入自行车团最大的风险是无法在人家出发前抵达河内，但我们决心孤注一掷，按下了预订这个旅游团最后两个空位的按钮，比出期盼好运的手势，希望能及时赶到。

## 美味的四川花椒

那天傍晚，我们在一家购物商城的地下层闲逛（想找便宜的冒牌奥运纪念品），却注意到一家餐厅，里面挤满了当地人。餐厅的地点并不是特别好，里面却都是开心吃饭的人，正好我们也饿了，便决定进去试试。

第一道菜就让我们钟情了：干煸四季豆。四川花椒在美国被禁用了几十年，因为可能夹带对柑橘类树木有害的细菌，现在虽然解了禁，但要在美国找到四川花椒还是很不容易。

我们的四季豆里有好多花椒，启动了我们从不知道的味蕾，让我的舌头边上绽放着喜悦，所谓的“花椒”之名引人误解，因为它其实跟胡椒毫无关联，而是某种小莓子干掉的空壳。不管原产地是哪里，其中却同时含有麻痹、温暖和辛辣三种滋味，我发誓它还有麻醉作用。我吃得越多，周遭的世界就变得越妙。丽贝卡对它也赞不绝口。

“嘿，你觉不觉得有点high？”她带着羞怯的笑容这么问。

当然有！这家餐厅里的每个人都一副欣喜若狂的模样，这里就像个烹饪鸦片窟呀！

下一道菜是炒鸡肉，真材实料，从盘中物来看，显然有人把鸡拔了毛，放上砧板，用切肉刀随意跺几下，然后把整堆东西丢进热锅。上桌时，这道菜是软骨、骨头和鸡爪的大杂烩。若换成平常日的傍晚，这道菜可能会引发小小的畏惧，但今晚可不会。在花椒解放一切的影响力下，我们轻松面对盘中这只家禽未经修饰的悲惨面貌，丽贝卡立刻抓起鸡头，我则挖出鸡爪，没多久我们就在充满花椒能量的驱使下，拿鸡的肢体当道具，演出了史上最怪异的鸡偶秀。

我们再度对火车售票窗口展开清晨突袭——之前三次都没成功——心中祈祷黄金周的人潮消退。队伍还是很长，但轮到我们时，我们终于买到了南向夜班火车上的最后两张票。火车会载我们到靠近中国与越南边境的南宁，之后便可以从那里再搭公车去河内，要是不巧没公车，也可以付钱请别人载我们去。

## 拥挤的北京西站

那天下午，我们打包好行李，前往北京西站，这是北京最繁忙的火车站，时间是全中国都在放假的一周，我们即将成为（根据我的计算）假期旅游史上，最忙乱假日旅游场景中的一分子。

北京西站是一栋宏伟的建筑，顶端有巨大的塔，周围是螺旋状的计程车坡道。站内就像个运送人的货运仓库，地板上的每块空间都被行李或中国家庭占据，楼梯上、电梯里永远是满满的人。要是你前进的方向与人潮相反，就得绕个约50米的大圈才能脱出人潮。如果我和丽贝卡在这里分散了，我看就只有接受“我俩永无相见之日”的命运。

我们火车专属的候车室里人满为患，里面的人都是一副疲累欲死的假期旅游者表情，就跟感恩节前夕会在芝加哥欧海尔机场看到的一样，那个表情在说：“明年换爷爷奶奶到我们家。”

几分钟后，扩音器传来大声的中文广播，整个候车室的人忽然活跃起来。我们跟着人潮出去，来到混乱的月台，长长的列车看不见尽头，大家从每一扇开着的门挤了进去。我猜等我们离开车站的时候，车上肯定会有超过2000个人。

我们跳上车，开始沿着长长的火车找预订好的座位。在座位之间的地上，蹲着几群肮脏的男人，边喝酒边掷着骰子，我们轻手轻脚地从他们身边绕过，最后在三等舱的一片混乱中找到了我们的座位。

两排木头长椅相对而设，我的膝盖紧紧抵着对面那个老男人的大腿。他正气冲冲地对家人大吼，一群小孩和他的孙子坐在走道另一头，但他的家人却完全不理他，自顾自地聊天、看着窗外。不久火车驶离车站，老人放弃恫吓，拿出一把剪刀，开始修起手指甲——就在我的膝头。

半月形的脏兮兮指甲正钩在我的裤腿上，我没办法动，因为我夹在丽贝卡和另一边的一个男人中间，那男人的手肘又撞中我的肋骨。同时，我也发觉一股气味从车厢后方飘来，那刺鼻且令人欲呕的臭味，肯定是发自哪个尿在自己身上的人，但其他人似乎都没有反应。

我试着想象，要是时间倒退几个月，有人把我从华盛顿特区舒适的沙发上抓起来，放进这个窒闷的空间中会是什么情景？即使我以前也经历过不少次颇有挑战性的旅游，我还是很肯定我会被两者绝大的反差吓坏，一逮到机会就会跳起来，并急忙奔向某一家豪华饭店。

现在，有了过去两个月搭火车行过7000英里的经验，而且其中多数都是在俄罗斯，我已经能怡然自得地接受这个本该令人不知所措的场面。倒不是我已经可以欣赏混乱了，而是这情况在预料之中、无须忧虑，而且很怪的是，竟然还很令人振奋。是的，这是冒险，搭火车的朝气、特别，跟搭死气沉沉的飞机离开北京，绝对不可相提并论！

而且，除了同车的旅客以外，火车本身若不说别致，至少也是很有特色的。车厢干净且维护良好，每节列车里甚至还有平面电视。我们上车时，这些电视正重复播放着一段新闻，还配着激越的管弦乐原声带，士兵踩着密集的步伐行进，战斗喷气机排成队形飞过，还有一段洲际弹道飞弹的试飞片段。

但现在电视切换成乌龙镜头节目，看起来像是《全美爆笑家庭录影带》（片中那些搞笑的笨蛋全是西方人），但有个地方不对劲，我非常肯定，这节目用的是第四级、低水准的乌龙带子，专为出口市场打造，就像某种乌龙套利方案那样。某个通晓内情的洛杉矶制片一定发觉中国人对乌龙镜头爱不释手，而且要求不高，就从剪接室里草草弄出这样一卷影片。

当然啦，火车上，我们身边的每个人都对着那个摔了一跤、开始哭泣的小孩大笑。在美国，像这样的乌龙影片根本不会引人发笑，甚至根本上不了电视。我想有一天，中国人也会把笑声留给更精致、更复杂的录影乌龙事件。

## 一波三折补火车票

这段28小时的火车旅程，目前进入了第二个小时，我不知道接下来的26个小时，自己能不能直挺挺地坐在长椅上，让膝盖和手肘一直跟别人互撞。我只希望，夕阳西沉前能够有法子说服火车上的工作人员让我们到卧铺车厢，睡进两个铺位。

我想起了在北京的某天晚上，跟我们相约吃晚饭的一个美国朋友（他在贸易公司上班，替中美印钞机的齿轮上油）教了我们一个概念："bupiao"（补票）。据我们了解，这个字在中文里是"升等"的意思。这个朋友教我们，要对着在听觉范围内每节车厢的工作人员不断这么喊，喊到好事发生为止。他以个人亲身经验向我们担保，这么做最后一定会走运。我们听了他的话，对着每个愿意听的人大喊"补票"，但目前为止毫无所获，只换来表示抱歉的摇头。

有一次，丽贝卡注意到下一节车厢尾端聚集了一群人，于是就前去查探，只见密密麻麻的几排人潮全都高举手里的票，对小柜台后方的一位柜员挥舞。丽贝卡认为这批疯狂客人一定都是想升等的，因为沿途有人下车，有些铺位就空了出来。于是她拨开人群，挤到队伍前方，喊起"补票"！并搭配胜利在望的挥舞动作，等候人家安排新的座位给她。但同样的，什么事也没发生，柜员只面无表情地看着大喊的她。这群人聚在这里有别的原因吗？或许这又是乐透抽奖？

丽贝卡垂头丧气地回来。“我想我们只能想办法撑过这段路了。”她说。

我不敢面对必须直挺挺坐着睡觉的念头。10分钟后，那群人散了，我决定亲自去找柜员试试看。这一次，我决定提出高额贿赂。

我来到这位柜员面前，他还在清理人群丢下的凌乱纸片。

“补票？”我问，满心以为会被拒绝，要是果真如此，我就要取出紧握在口袋里的厚厚一叠钞票了。

但情况根本没到那一步，柜员一听到我的要求，立刻对着机器按了几个钮。接着机器吐出两张票。他把票给我，又回头继续清理——我们升等了！

我不知道哪里起了变化，也不知道几分钟前聚在这里的那群人到底想要什么，但我可不想继续待在这里问些蠢问题。我冲回仍然沮丧地坐在长椅上的丽贝卡身边。

“补票！”我边喊边晃着刚拿到的票，她整张脸亮了起来。

“补票！”她也喊。

我们抓起背包，朝新铺位走去。

这是段长征，至少要通过15节人满为患的车厢。终于到达时，我们发现自己拿到的是相邻的两个铺位——6个铺位中两个相邻的上铺。这些铺位的状况依旧不怎么理想，上方的空间不足以让人坐起身，我的脚超过了床边，悬在走道上，每次有人从旁边的行李架上拉下行李，我的脚就会被砸到一次。而且，距离我们的脸几英寸之处、嵌在天花板上的，就是亮晃晃的日光灯（这灯一直开着，烤着我们的视网膜）和一个扭曲变形、音量却大的扩音器（每次一有广播，那声音就穿破我们的耳膜）。

但是，我们还是开心极了。在需要睡觉的时候，能找到一块平坦的不动产，是多么美妙的事。

就跟搭船横渡波罗的海时一样，丽贝卡醒来时，发现有个怪男人盯着她瞧，这一次还是个牙齿都掉光的老家伙！他的铺位就在我的正下方。他正从保温瓶里喝着粥，丽贝卡睁开眼睛时，他擦了擦嘴唇，给了她一个露出牙龈的大笑容，丽贝卡决定把这个当成赞美。

我们的车厢内有六十几个铺位，铺位上各式各样的活动都有。几个多代同堂的人家已把车厢当成了舒适的家，奶奶照料小婴儿，妈妈念书给小孩子听，一群做爸爸、当叔叔的玩起复杂的扑克牌游戏，有吃的就一同分享，笑声到处都是。日本新干线是有礼的保守，这辆中国火车上却是全心全意地投入生活。

火车在晚上大约8点钟，驶进了南宁车站。我们想办法从人群中挤向车站出口，走上中央市镇广场，一如往常，我们完全不知道今晚会睡在哪里，因此一到户外就看了看四周，好弄清所在方位。我注意到对街的屋顶上有个大霓虹灯标志，写着“高级旅棺”，看来正是我们这种高级旅客落脚的地方。

进去之后，我们从破旧的大厅推测，这家旅馆并没有招牌上形容的那么高级，但过个夜其实也够了。我们办好入住登记，搭电梯到了房间，冲个澡把过去28小时冲掉。我擦干身体的时候，发现每条浴巾上都写着“高级商品”“旅馆”（原文如此）。 暧昧的努力，清楚的错误，凸印在浴巾上的错字实在难过得教人心痛啊！隔天，我们起了个早，准备去搭早上出发往河内的巴士。在公车站，我们遇见一对也准备搭这辆巴士的欧洲夫妻。

“你们知不知道……”女的问。我想她是法国人吧。“哪里可以办入境越南的签证？”

我们温柔地告诉他们这个坏消息：签证要去大使馆办，而中国所有的大使馆在黄金周期间全都没开，这对夫妻只有再等3天，才有可能进入越南边界。签证这种事，他们应该在前往巴士站前就先弄清楚才对。我无权批评，因为要是我单独旅行，也非常可能会犯下同样的错误。幸运的是，我刚好跟一个后勤天才一起旅行，丽贝卡早就把我们的越南签证张罗好了。

偶尔我也好奇，丽贝卡的旅行计划能力是不是强过了头，发生一次能让爱发牢骚的背包客大吹大擂的乌龙事件也蛮有收获的啊（如：“原来就因为那场政变，害我被困在几内亚13周，好玩的是，有段时间里我还当上财政部副部长哩。”），但丽贝卡永远比任何可能的突发状况和小型政治革命还快上四步。

在这个网络时代，旅人只要详读其他去过当地的人的建议，就能为怪异的越界规定、订日期的火车罢工或即将发生的政府垮台做好准备。因为总有那么几个起劲的旅行者急着想当白老鼠，急着吹嘘他们在当下发现的事物，不论是在个人部落格或是在旅游地点的告示板上。在过去，有用的资讯得在国外咖啡馆泡上好几天才读得完，现在只要上网就能轻松搜寻到，而且免费。如果马来西亚大接轨站的铁路大桥倒塌了，这件事立刻会出现在网络上。没过多久，就至少会有一位旅行者详细刊出该怎么绕道而行。

## 抵达越南

我们离开了那对伤心欲绝的欧洲夫妻，上了巴士。车上有冷气又舒适，不久就开上了一条空旷的高速公路。刚铺好的公路又宽又大，但完全不见其他车辆，路肩上满是自行车和行人，都拖着沉重的行李走路，看来中国在车辆潮的准备上，比实际上的车辆使用率快多了。

两个小时不到，我们已抵达边境。中国的出境管制有效率得惊人，柜台人员什么都不问，就在我们的护照上盖了章，一点麻烦都没有（这时我们护照上的章已经多得像口袋里的线头了）。他盖完了章，指了指前面柜台上的一部仪器，仪器上的几个按钮分别画了笑脸、皱眉脸和两张介于笑容和皱眉之间表情的脸。一阵错愕之后我才明白，他是要我替他的工作表现打分数。我按下笑得最灿烂的那个钮。

由司机驾驶的高尔夫球车载着我们，在两个关卡之间荒芜人烟的陆地上开了几百米，路旁站着武装士兵。抵达越南国境后，我们进入一个好像快崩塌的小棚，没想到那里就是边境管制站了。棚外，一个老女人想用越盾跟我们换中国钱，毫无疑问，她的汇率差到极点，但既然往后用不着中国钱，我们便跟她换了。

检查过护照之后，我们被送往标有“健康检查”的柜台，站在那里的人说“这是费用”，然后把写有数字的一张纸片给我。我用刚换到的越盾私房钱（差不多值美金12分钱）付了

2000盾，乖巧地等待健康检查发生。会不会有人拿针戳我，要拿血液样本呢？桌子下面会不会有人用反射槌出其不意地敲我膝盖呢？都没有。反之，柜员面无表情地瞪着我。

“会有真正的健康检查吗？”我问，自觉这么问很合理。

我的天真让柜员呵呵笑了一阵，然后不耐烦地挥挥手把我推开。我们通过了海关，行李根本没人多看一眼，接驳巴士就在另一边等待。

越南的巴士比较破旧，好几个椅垫的内里都从裂缝中露了出来，马路也比中国的还要凹凸不平，那些数不清的坑洞每经过一个，我们就被大大地震一下，巴士的悬吊系统也大声发出呻吟。搭这趟巴士虽然不舒服，但车外的景色却愈来愈壮观，时节入秋，北京的气温已慢慢转凉，夜晚也越来越冷了，可是正往南行驶的我们却进入了截然不同的气候。沿路有棕榈树，一切都绿意盎然，岩丘被侵蚀成高而嶙峋的石塔，石灰石的结构随处可见。

我们在路边的小摊停车吃午餐，丽贝卡和我是车上唯一的西方人，其他旅客都贴心地确保我们看得懂菜单上有些什么菜。这点非常重要，因为上面多数显眼的东西都是装在大玻璃罐里的腌眼镜蛇。我可不想不小心吃到一盘蛇肉炒饭。

驶进河内周边时交通拥塞，已近傍晚，我们的巴士在市区马路上缓慢爬行了一小时，周围满是一波波的机车车流。最后我们终于抵达市区，背上背包，开始往旅馆走去。该去见我们的自行车团了，我们将不再独自旅行。

A Down to Earth
Journey Around the World

6

第六章

# 从河内到曼谷

## 河内川流的摩托车

河内的马路都像滔滔不绝的急湍激流，只不过要把水换成摩托车而已。摩托车是河内人喜欢的交通工具，因为很少有人买得起（或有地方停）汽车。摩托车一波接一波，流过市区十字路口和各个街角，骑士摩肩接踵，高速行驶，路上几乎不见停止标志和斑马线，因此行人要过马路就只有自求多福。

直觉会告诉你，等摩托车流出现空隙时，把握机会跳进马路，但这样等于是自杀。根据我们旅馆大厅贴的那张半说明、半吓人性质的布告（目的显然是保住观光客的性命），跨越河内马路的恰当技巧应是慢慢走入车阵，让摩托车从身周驶过。你必须忘掉恐惧，轻手轻脚地步下人行道。踏入这片混乱当中，不要有突发的动作，而是稳定地跨出每一步，让摩托车骑士慢慢适应你的出现，请别去留意那些重达千吨的金属和玻璃纤维在四周呼啸而过。

现在，我们正在前往自行车团行前说明晚餐会的半路上，抵达目的地后（除了几次差点撞上迎面而来的机车骑士，我们毫发无伤，真是奇迹呀），我们在围满自行车车手的桌旁入座，一面喝着清新的越南啤酒，一面自我介绍，并说接下来两周都将同行。这群人包括一对加拿大雅痞夫妻、一个中年日本男人、两个澳洲的退休妇女、四个澳洲年轻小伙子，和我们的领队史考特——他从澳洲移居来此，过去几年一直都带这种自行车团旅行南亚。

从表面上来看，这种旅游团的目的是以自行车的缓慢速度，轻松体验越南。我们会在地面上，不会有窗户把我们与周遭环境隔绝，并且我们的速度会比走路快，但不至于快到错过任何令人心动的细节。不过，我却看出在观光之外，这个旅游团还有一个矛盾的弦外之音：这是一场隐性的竞争，看谁会是这团中最快、最健壮的自行车手。那群肌肉结实的澳洲小伙子已经开始比起各自健身的成果了，日本人幸秀（Yukihide）则不经意地提及自己是三项运动能手。

这对丽贝卡和我来说就很气馁了，旅游公司的网站上建议我们在行前先骑自行车练上几周，但我们不太可能在搭过的火车和渡轮走道上骑自行车，何况我们一直没把这项行前准备建议当真。我们有个朋友带过自行车团行经法国乡间，她说团里的人（全都是年长又有钱的）骑个几英里后就会把自行车丢在路边，一怒之下放弃骑车，并招手叫来舒适的随行货车。因此我们也以为这一团里的人会是肥嘟嘟的退休人士，认为相形之下算是年轻的我们能让团里均衡一下，而且更不幸的事实是过去一年来，我们两人骑自行车的时间加起来只有75分钟。

其中60分钟是在神户，当时我们租了两辆三段式自行车，悠悠闲闲地踩着踏板经过神户铺着柏油的平坦马路。另外15分钟是在北京，我们在订下这趟自行车之旅的隔天，认为稍微练习一下应该是个聪明的点子，于是租了两辆十段速自行车，展开本该为期一整天的远足行。不过，远行却很快就结束了，起因于我莽撞地挑战一个斜坡，结果导致自行车的铰链脱落了，幸亏附近街角的自行车修理摊子正好有人在。北京到处是这种摊，因为大家都骑自行车。那男人拿出生锈的工具箱和润滑油，修好了我的铰链，然后比出两根肮脏的手指表示费用，我以为他是说20元人民币（也就是不到3美金），于是我给了他一张50元的钞票，等他找钱。但他只是困惑地瞪着钞票。原来他其实是要两元，差不多等于22美分，这有点像是这笔修理费20美金，但我却给了他500美金。

真是划算哪，我心想，同时伸手到口袋里摸铜板。接着，我们又往前骑了约100米，然后铰链又松脱了。这回我放弃了，直接把自行车推回租车店。现在回想起来，我猜那人的修车费的确只值22美分。

总之，这就是我们行前准备的概要了。就把明天当成一场小暖身，让我们慢慢适应即将来临的艰辛，我们就要骑自行车度过高低起伏的35英里路了。

## 自行车之旅开始

第二天早上醒来时，我们仍感觉得到昨夜啤酒的余威。大伙儿拖着酒醉的身躯，一个接一个坐上随行货车。车子载我们开了几个小时，出了河内周边，来到一个马路空旷、没有烟雾的地方。我们从设备车上取下自行车，踩下踏板，开始骑。

我告诉过领队，担心自己的体力跟不上，因此1英里后史考特就骑到我身边，问我状况如何。

“还好吗？车感是不是都回来了？”他问。

“就是骑自行车嘛。”我回答，送他一个很快就会惨遭报应的轻率微笑。

前10英里让我呼吸粗重，但多数时候我都很高兴能够来到户外，运动流汗。在这趟旅程中，我们一直被动地坐着，让火车和船推动我们横越地球，现在能亲自驾驭自行车，感觉实在太伟大了！我们在树荫下短暂休息，接着开始第二段的10英里路程，我气喘如牛，但令我讶异的是，我竟然还跟得上。

到了下一个站点，我们停车吃午餐，史考特告诉大家，最后的15英里路全是上坡。丽贝卡果决明快地表示放弃，决定搭随行货车，我（比较没那么果决明快地）选择骑车上坡试试看。

很快也很悲惨地，我就知道前面那20英里路一定是我肾上腺素激增的结果。最后这段路还不到一半，我就大汗淋漓，气喘吁吁，嘴巴张开，心跳快得我分不清每一拍，还有一道天堂般的白光悄悄出现在我的视野边缘。

比我更强壮的自行车手早在远远的前方，看都看不见了，只剩我和那两位退休女士吊在整群人的尾巴上。后来那两位女士没力了，她们下了车，在路旁等设备车过来。天色渐渐暗了，山丘好像越来越陡，我的四头肌仿佛被放上了火力全开的瓦斯炉，正在熊熊燃烧。

货车终于在我身后隆隆驶来，闪着头灯，那意思大概是："先生，你好像快中风了，拜托你停下来吧，我们很怕你会丧命。"

可以停止踩踏板让我感激涕零，管不着什么羞辱了，我把自行车放上货车后方。等我们抵达旅馆（丛林深处一栋乡村式的棚屋），只见速度快些的自行车手都已冲过澡，换过了衣服，躺在有遮篷的前廊休息，而且手里的第二瓶啤酒都快喝干了。

接下来几天的情形都差不多，每天早上，我都发誓要跟上领先的主集团，然后那些比较健壮的自行车手（除了我、丽贝卡和那两位老太太以外的大家）就像打开喷气引擎似的绝尘而去，把死命挣扎的我们丢在后头。一旦我看不见那群人了，就把当天的目标降低。新目标：不要中风。

因为一直弓着背骑车，我的背和肩膀都发痛，手指也因为紧抓着把手而粗糙，屁股更是被磨到快破皮的境界。我试着去想有哪里的肌肉不痛，但却只能想出调节内耳的那几块小肌肉，这些肌肉似乎没什么问题。

第四天早上，一件有意思的事发生了，我的心跳开始以稳定的节奏跳着，肺部似乎找到了额外的空气，我的屁股坚挺得像烤焦的牛排。忽然间，我能够注意身体以外的世界了。

等我终于有心力开始欣赏起四周的风景时，才发现越南好美，是颗热带翡翠珍宝。我们骑车经过苍郁的绿丘和水田，水泥小屋的村庄参差其间。路旁，几只水牛嚼着绿草，一个不到七八岁的小孩站在体形最大的水牛背上，手里那根草绳穿过牛的鼻孔。再前面一点的路上有群小鸭，摇摇摆摆地跟着鸭妈妈走向小溪，然后两只两只地跳进水里。这种事搭飞机绝对看不到，搭火车也只会呼一声经过，一样看不到。但若是骑自行车，你随时都可以停下，看小鸭子扑通一声跳进水里。

我们看了一会儿，高兴地欣赏鸭子小小的蹼，然后又踩起踏板加速，现在跟得上这群人的我，发现了尾随在后的力量。这群主集团前方的自行车手像楔子般冲破气流，把我带进他们的尾波里。附近好几英里内都没有汽车，我们静静地骑下马路，耳边只有轮胎呼呼滑过坚硬泥地的声音，铰链与链齿轮相扣的咔嚓声和呼啸拂过耳际的风声。

## 自行车历史随想

我们所认识的自行车，一直到19世纪60年代才出现，这实在是件令人大感震惊的事。在那之前，人类开蒸汽船已有数十年的历史；蒸汽火车也在19世纪50年代主导美国的交通。甚至诸如摄影、电磁、电报的发明，全都是在自行车之前。

这个点子看似简单又显而易见：一架机械式、由人力驱动的运输工具，可以取代马匹成为个人交通工具，到底为什么拖了这么久才制造出可以用的自行车呢？原因不明，但部分问题可能出在可供骑乘的实际路面并不足。19世纪时，不仅少有平坦铺设的马路，路与路间也相隔甚远。如果你曾经在学骑自行车的时候擦破了膝盖，你就明白要骑车而不跌倒，必须先要有即时的冲速。若要在岩石满布的驿道上骑一辆阳春自行车，不仅不容易踩踏板，还很难维持不倒。

不过，仍有几个勇敢的人企图驾驭“铁马”。1817年，德国一位男爵用木头制造出两轮的“脚蹬双轮车”，利用脚踢地面的方式前进。之后又有马车模样的新玩意儿，靠踩动木头踏板前进。但多数史学家都同意，自行车的真正始祖直到1867年才出现，一位名叫皮埃尔·米萧（Pierre Michaux）的巴黎铁匠直接把踏板装上了前轮。

虽然有了米萧的突破进展，但自行车的普及度在接下来几十年中依旧起起落落。因为米萧的前轮传动设计只要一撞上路面的隆起，就很容易把骑乘者甩过车子把手，让人跌落在地。1866年，马克·吐温在康乃狄克州骑一辆新自行车时，就说过他“越过一块砖”，然后向前跌到地上。当时自行车飞上半空，跌落在他前面。

“幸好先跌下来的是我们。”他这么描写，“因为这样阻住了跌势，车子才没受损。”

19世纪70年代早期的“振骨车” 不再流行，成为“高轮车” 当红时期，但这种自行车虽然有超大的前轮，加速较快，却仍不大方便，骑车者也非得坐在高于地面之处。

自行车潮一直到19世纪90年代发明出“安全自行车”后才真正展开。这个设计利用链条让踩踏者使出的力传到轮后，现代自行车仍然如此，因此减低了自行车的前倒倾向。到了1888年又有一项重大革新，轮胎天才邓乐浦发明压缩空气的内胎。而1891年，艾德苹·米其林更让内胎可以拆卸，骑自行车才变得更顺畅、更迅速，也更舒适了，可以用替换胎迅速修补破胎。

最后在1893年时，用优质轮胎的出色车手已可骑出每小时24英里的速度，因此热衷骑自行车的人迅速集结，开始要求更好的骑车路面。终于，马匹遇上了对手，它不需要食物和水，仅占用一小块空间，而且只要好好保护就可能永远不死亡。

在美国，自行车成为受欢迎的个人交通工具；现在美国只有1%的人骑自行车旅行，84%的人开车。就算在西方世界自行车之都的荷兰，都只有30%的人骑车旅行，45%的人开车。

但在亚洲最贫穷、汽车根本遥不可及的地方，自行车却是天之赐礼。自行车的使用之所以有限，完全是因为自行车的价格从以前到20世纪中叶都很昂贵的缘故，即便上流人士会使用三轮车（自行车拉动车厢，由仆人踩踏板，这种车取代了由仆人跑步拉动车厢的黄包车），但拥有一辆基本款的自行车仍不是一般人负担得起的。一直到1978年，还只有不到8%的中国人买得起自行车，一家人得克勤克俭，努力存钱，才能买下一辆自行车让大家轮流用。

而在只有有钱人才买得起汽车或摩托车的文化里，自行车代表了劳工阶级人民的自由。这么假设好了，你住在像我们刚才骑车路过的某个越南农村，拥有自行车将大大拓展你在合理时间内可以前往然后再返回的范围，多数人走路的速度是每小时3里，但若是骑自行车，不必太费力就能轻松快上3倍。若是长途旅行，累积起来的速度就更惊人了。慢跑横越美国的目前纪录是46天，但骑自行车只要8天。就算只拿几小时来比，骑自行车也能造成极大的差异，让人在购物、贩卖、交友或遇见另一半等事情上，有了更多更广的选择范围，简直就是拓展视野！

这时，我们旅行团所骑的路段刚好就有许多越南人也在骑乘，我发现他们骑自行车的态度跟我们的大不相同。越南人以舒服、稳定的节奏踩着踏板，以便在不汗流浃背的情况下抵达目的地。他们骑车所穿的衣服就跟平常一样；所骑的自行车是老旧的便宜货，好像还得常常送修（我也还没看到儿童单车，越南小孩都站着学骑大人的自行车，通常都光脚踩踏板，把手横杠上还坐着一两个更年幼的弟妹）。同时，我这群同道和我自己则是把踏板踩得越快越好，并且大量流汗，有些人还穿着红、黄、蓝三基色的紧身运动衣。我们骑的是簇新的自行车，有24段变速和闪亮的喷漆。老实说，看看四周，我们还真像一群装备齐全的小丑。

相反，越南人强调自行车的低调功用。在美战期间（越南人不说“越战”），自行车也是不可或缺的军事资源，士兵在自行车上装满补给品和军火，再以渡轮运到战场。即使是现在，自行车也常作为货物运输工具。我在这段旅程中就看到几辆从身边经过的自行车，上面高高叠着旧五金。有一次，我骑车来到奇迹般飘浮在马路上的一堆干草后方，等与之并行时才看到骑车的人躲在草堆下。另一次可怕的经验是，我骑车经过一个女人身旁，她在把手上横放了一把生锈的大镰刀，为了避开路上的碎石，我们同时以每小时30英里的速度骑下坡，镰刀只差几英寸就割到我的眼睛。

但我最喜欢的是有个女人把两只活鸭放在把手前方的车篓里，她每踩一下踏板，鸭子就呱呱叫，好像她有个难听又大声的喇叭，而她一直在按似的。

虽然丽贝卡和我都开始适应了这趟自行车之旅所需要的体

力，但社交上的适应就没那么顺利了。我们从“两人面对世界”——或者至少是“两人环游世界”变成了多数清醒的时间都跟一群人待在一起。这个团体在越南火车的团体包厢过夜（跳过一些以自行车的速度绝对无法及时抵达的路面），有好多个早上我们都在随行货车上挤成一团，前往下个骑车路段的出发点。

几天过后，这个团体分裂成几个小圈圈。那两位年长的澳洲女士自成一国，4个澳洲小伙子组成兄弟会团，并把三项运动能手的幸秀招揽过去。

丽贝卡和我则跟那对加拿大夫妻提姆和金相处非常融洽，他们的年纪跟我们差不多，是机智又有趣的旅伴。金是医生，提姆是摄影师，两人恰好都是优秀的自行车手。金虽然坚持穿夹脚拖鞋骑车，却总能跟上所有男人的速度。吃饭和搭货车的时候，我们通常会坐在他们旁边。若是团体到了大城市，晚上要分开过夜的时候，我们就会4人同行。

因此，旅程到了半途的某天早上，当我们爬上货车，却发现他们两个分坐得远远的，就颇感苦恼了。

“你们不喜欢对方了吗？”丽贝卡问。（丽贝卡认为圆滑处事是障碍，只会让人困惑。最好开门见山地问，再看看会怎么样。）

这对隔得远远的夫妻不自然地咕哝了几句，接着转头往各自的窗外看。那天，他们一个字都没跟对方说。

第二天也是如此，第三天亦然，我们得不到解释，他们两人之间的紧绷情势让全团的人都不自在，但我们只能想象他们自己肯定更不舒服。每天晚上都不得不睡在同一张床上，却整天都不愿跟对方说话。我们同时也在她的眼中看到轻视，在他脸上则看到浓浓的难堪。

有天下午我们刚好跟提姆并肩骑车，在金听不见我们说话的距离，我便婉转地问提姆到底怎么回事。并肩骑自行车是很棒的交谈方式，一起上路，说话搭配踩踏板的节奏，提姆和我在过去几天的旅途中聊过很多事，但今天提姆却只说这句：“我想把斧头埋起来，背上却中了一把。”

然后一切就跟开始一样，奇迹般地结束了。有天早上我们爬上货车，提姆和金又坐在一起了，他们大笑着，好像这段不和从没发生过。那天晚上，在会安（HoiAn）一家侨居人士酒吧里，丽贝卡和我刚在一场足球赛中大胜两个以色列背包客，领队史考特就悄悄来到我们身边。

“你们知道那两个人之前怎么了吗？”他用澳洲腔慢条斯理地问，朝那对加拿大夫妻点了点头。

我们瞥了一眼，看到他们正开心地在房间另一头的包厢互相爱抚。

“不知道。”我对史考特说。

接着，史考特开始有点兴高采烈过了头地继续对我们大谈他带队时发生过的各种恋人关系变调故事。例如，有个可怜人计划在途中向女友求婚，甚至邀史考特相助设计出罗曼蒂克的浪漫晚餐，但后来那人却发觉他女友偷偷跟团里的另一个男的勾搭上了。

打从离开华盛顿特区以来，丽贝卡和我偶尔也会吵架，但都是吵一些小事，而且很快就和好，通常一个下午就没事了。不过，我还是很高兴我们之前的那些不快都没发生在套装旅游团的温室气氛下，这种事对团体互动所造成的影响已经够特别了。

这也让我对史考特产生了好奇，他带领这种旅游团已经10年了，一直都生活在团员奇怪的小圈圈中。感觉上像是如果你干一份工作干了太久，那份工作就会永远地扭曲你对旅游的观念。史考特是标准的永恒漂流，他告诉我们他已有好几年没回过澳洲老家了，而且过去6个月来他一直在带队，一天都没休息过。

从好处来看，他有机会骑自行车经过各个美丽的地方，跟可爱的越南女人约会、吃美食，还可以夜夜去市区狂欢，若不觉得厌倦，这些事都很令人开心。

但是每隔两周，他就得跟一批全新的陌生人见面，必须立刻就跟这群人中的每一个做朋友，不管他喜不喜欢，因为那些人付了钱。

因此，史考特练就了一套八面玲珑的功力，有办法讨每个人喜欢。如果他是跟那对加拿大夫妻交谈，就会抖出越南史实和文化题材。后来在那天晚上，跟那群澳洲小伙子在一起的时候，他又摇身一变成为痛快的酒友，大谈运动赛事，跟那些年轻人一杯杯地对饮啤酒。

就算至少走过同样的旅程6次，他也不能显露出厌烦的神情，永远不能叫累、暴躁或离群孤立，他无时无刻不在演出。

到了旅程尾声，当初凑团的一群陌生人都成了朋友。事实上，事情已经在发生了。我们在一家旧式法国殖民宾馆停车过夜。这天傍晚冷飕飕的，提姆就在温馨的书房点了盆火，一个澳洲小伙子拿出一瓶威士忌，我们说起共度过的特别时光，并发觉自己开始喜欢别人的怪癖了。这情形其实很像夏令营，我们有些人甚至答应回归正规生活后还要保持联络。

但史考特的正规生活就是这样，到了两星期的尾声，他会说再见，立刻把我们从记忆中清除。每一团的最后一个晚上都是温馨又感伤的，然后第二天早上来临，新的一团人抵达，史考特又重新开始，先是一顿矫揉造作的破冰晚餐，他就借此记住每个人的名字。第二天，他会带团前往胡志明博物馆，假装这并不是他第十五次参观。

长时间旅游的整个生活方式最美妙的一点，就是让人脱离每日的窠臼，包括来来去去的友谊和漂泊无定的自由，但当你从不停止旅行，旅行本身就成了窠臼，总有一天，你将不再从中得到更丰富的生活视野，反而会想逃开这一切。

身为一个几乎看过好莱坞每部跟越战有关电影的美国人，我发觉自己在凝望这片茂密田野和幽深丛林时，很难不想象里面有一整排穿迷彩服的士兵正在行进，或是有一架绿色直升机轰鸣着降落，准备接走受伤的人。我很想停止这样想。这些事发生在40年以前，越南现在是世界上成长最快的经济体，一个让人展望未来而不是回顾过去的地方。

然而，在这里历史到处可见，我们参观了胡志明的战时碉堡，当骑车经过顺化市这个旧堡垒城，也遥想这里曾发生一场长达一个月的残酷战争，造成超过200名美国人和5000名越南人丧生。我们也去了岘港的中国海滩。

我一直在读麦克尔·赫尔（Michael Herr）的《派遣》，这本书根据赫尔替《君子》杂志当特派员时的资料写成，是描述越战的第一手资料（这是我在河内的一个路边摊花了大约40美分买的。书是盗版，一叠影印的书页装订在一起，弄成类似平装书的模样）。赫尔在其中一段文字中描述随着军方护送车队进入顺化的经过：

“我们经过时，上千难民被挡在路边，”他这么写，“其中很多人都受了伤。小孩子大笑、大叫着，老人则带着静静接受悲惨命运的表情望着我们，让许多美国人感到不安，这种感觉通常被误解成冷漠，但年轻男女却常带着明显的轻蔑表情看我们，他们把开心的孩子从卡车旁边拉开。”

我们骑车经过这里的小镇时，小孩仍对我们大笑、大叫着，他们从自家的水泥屋跑出来，边挥手边喊“哈啰”，还伸出手要跟我们击掌（有时候他们没击中，打上我们的把手，让我们一个摇晃就骑出路面，得赶紧稳住重心才能再骑）。到了比较大的村子，小孩开始排队站在路边，队伍有100米左右那么长。

“简直就像单车环法赛嘛！”我们加速通过这场围剿，一面向这些粉丝致意时，一个澳洲小伙子这么说。

跟赫尔的经验相反的是，这里的成人也很友善，他们都面带微笑地看我们经过，我们停车在路边摊买茶时，还有人邀我们去他们小小的屋里上厕所。我忽然想到，眼前这些中年越南人，在赫尔跟护送车队过来的当年都还是小孩。

“发生了这么多事，他们还对西方人这么好，真令人意外。”有天我和提姆一起骑车时，他有感而发地说。

“也许是因为他们获胜了。”我发表我的论点，“这里没了不安全感，他们轻松打败了法国，等法国退走后，他们又轻松打败了美国，所以他们是在说：‘喂！没用的东西，欢迎回来呀！来撒点钱嘛！’”

骑上这段旅程的归途时，我比以前更结实、更健壮了，现在的我骑上10英里都还能平静地用鼻子呼吸。若是平地，我甚至不必花太多力气就能跟在前面那伙人身后不远处，一招手就能看见的距离。同时我也发现了一个秘诀，每次骑车前我都偷吃一颗含假麻黄素的感冒药，迅速增强精力。

不过，能让好麦子从粗糠中筛拣出来的是山坡路。遇到上坡，我就没办法跟上速度较快的那群骑手了，就算吞下我的增强表现药物都没效，这点让我恼怒极了。

尤其是眼前那群澳洲小伙子每天晚上出去喝酒，每天早上都像行尸走肉般地爬上货车，竟然还能如此精力充沛。

“你们昨晚去哪里了？”我问他们。

“我们去了一家怪里怪气的酒吧。”他们拖长声调说，“我们遇到几个女孩子……”然后就开始说故事。

我想以他们这样的清醒度绝对不可能骑车，可是他们总是立刻跳上车，快乐地踩起踏板，到了那天的第一个休息站点，他们就抽根烟。午饭时，他们会喝几瓶啤酒，干杯时还互相说“喝干它！”或“明天又是一尾活龙”。但这一切都没有影响，只要一开始爬坡，我仍然不是他们的对手。

我们最后的一个大挑战是要骑车翻越南越的卓安通道（Dran Pass），15英里的路程全是蜿蜒的陡坡。我下定决心要一路骑到顶，绝不半途放弃，并且要跟上领先的那群人。

但是才骑了一半，已经落后的我就已经没力了，我看到上面5个弯道前的加拿大人和澳洲小伙子，而且在他们前方和顶峰之间还有10个弯道。我自言自语起来，“左、右、左、右”地边念边踩踏板，我打到最低挡，移动的速度比下车走路还慢。

快要骑不动自行车的人都会发现一件惊人的事，也就是自己对风向和速度的感觉忽然变灵敏了，此外，你也会察觉到路上的小隆起或坡度的细微变化。要是在车上，根本不会有人注意到这种事，但每次微风拂过我的脸，或坡度变得稍微更陡一些时，我都会立刻察觉出这些事对我的四头肌带来的影响多么不利。

骑到3/4的路程时，随行货车载着一堆放弃爬坡的人经过我身边，丽贝卡探头出来，对我挥手。我以为她会说“了不起唷”或“加油”的，没想到她却喊：“货车里真的好舒服哦！”然后车子转个弯就看不见了。

就在这一刻，开始下雨了，还是雨点如豆大的热带雨，我的踏板和把手都变得好滑，但雨水淋在酸痛的肌肉上却好舒服。几分钟后，倾盆大雨停了，我看了看四周，发现自己竟然穿过了雨云，现在正从云层上方往下看，下方的山谷完全弥漫在烟雾缭绕中。

当山顶映入眼帘，速度快、已经抵达的人都在上面等我，还不断替我加油。我腿上的酸痛都消失了，整个人浓缩成纯粹的意志力，这不是跟时间或对手赛跑，而是挑战因使力而丧失意识的竞赛啊！

最后我到了山顶，众人同声欢呼，我挣扎着从自行车上松开疼痛的四肢，这辆破车也同时倒地。累惨了的我瘫倒在路边的一面石墙上，一个澳洲人递给我一瓶啤酒，他在我们今早出发前就把啤酒放进货车上的冷藏箱，宣称那是给征服这座山的任何人的奖品。

“干得好，朋友。”他对我说，由衷地拍了拍我的肩膀。

啤酒好冰凉，我在4秒内就喝干了，这搞不好是我这辈子喝过最棒的啤酒，不然就是我尝到了自己的脑内啡。

我们的环游世界旅行已走过了好大一段路，但却没有一段比我亲自出力做到的这段还要甜美。我再次想起，旅游时走得越慢，就越能欣赏到过的地方。

几条通往西贡的路交通拥塞，骑自行车过去会是既危险又悲惨的事，因此这段旅程的最后一段路我们都搭货车。车子开向市中心，越深入，摩托车的密度就越高，几乎到了让人晕头转向的地步。我们看着摩托车呼呼驶过、从旁绕道，在匝道尽头消失然后出现在小路中。我决定了，我最喜欢的摩托车品牌是本田Super cub，那经典、功利主义的造型深得我心。这辆50CC的经典小机车首度制造于19世纪50年代晚期，在越南到处都是，有新、有旧，有亮晶晶的，也有满身铁锈的，幸亏Super cub在亚洲一直很受欢迎，才会成为摩托车史上最畅销的一款车。

泰格以史考特的见习生身份，在最后几天的旅程加入我们，在西贡出生的他个性调皮，是来受训当领队的。他告诉我们，他拥有两辆摩托车，他大多数的越南朋友也都有两辆，第一辆是日常用的老车。

“中国制造，200美金。”泰格说。

另一辆是正式出游用的，“用来载妞，或骑去度长假用。”泰格说。这些比较时髦的摩托车一般都是日本造，价格从2000美金到9000美金以上不等。车主每个周末都会补漆，把车保养得像新的一样。

河内和西贡的摩托车流之多，使得越南公共安全部展开限制每人只能有一辆车的实验，但这条规定最后撤销了，光是西贡，每天就会多1000辆要注册的摩托车。一本当地杂志引用英国侨民对马路上一片混乱的描述："我向来猜不透即将出现在我摩托车前的会是什么人、什么东西，另一辆摩托车、一个行人、一只狗，甚至是一只公牛都有可能。"

如果在越南拥有一台自行车就代表自由，那么拥有一辆摩托车就是揭开和平大同世界的序幕。跟行人每小时走3英里，或是跟自行车每小时10～20英里的速度相比，能达到每小时35英里的摩托车简直是曲速行进的太空梭，而且功能超强：越南的年轻家庭都把摩托车当旅行车用。我就看过一对父母和3个小孩一起坐在一辆50CC的摩托车上，摇摇晃晃地保持平衡。

我也发现，这些孤身骑摩托车的女人真的好迷人，她们的注意力集中在前方的马路上，脸上带着空白、漠然的神情，代表坚定不移的自信。此外，她们的裙摆在风中挑逗似的飘。的确，这里很多女性骑士都戴了手术面具以抵抗空气污染，但这也传达出一种科幻般的性感，好像有僵尸病毒在市区里扩散，她们都骑车疾驶要逃脱，然后在隔离区遇见爱人。

这段旅程的最后一夜，整团人都去喝惜别酒，那群澳洲小伙子很快就不见踪影，全都散开寻找罗曼史了。两位退休女士早早上了床，因此只剩下幸秀、金和提姆，还有丽贝卡和我。

雷克斯饭店（Rex Hotel）距离洲际饭店不远，洲际饭店是迷人的法国殖民时代建筑，格雷安·葛林（Graham Greene）曾在那里住过一阵子，也把饭店周边的情景刻画进电影《沉静的美国人》的好几个片段当中。

我们在雷克斯饭店点了最后一轮酒，从高居西贡市区之上的饭店屋顶眺望，我们可以感觉到南北越之间徘徊不去的差异。北部的河内有阴沉的胡志明纪念碑，整座城市仍旧有种对资本主义还不太适应的感觉，除了西式饭店以外，多数的建筑简单又朴素，能在高级零售店找到什么东西就算走运。同时，在南方的西贡已带着满腔热诚，昂首阔步地朝时髦的现代进发，地平线上突出好几栋高楼，还有各种名牌商品可供选购。我想25年前，在曼谷还没转变成现今的大都会时，一定也是这副模样吧。总共加起来两周的骑自行车磨炼让我们都累坏了，猛灌酒精更是毫无助益，在幸秀开始对着餐桌打瞌睡时，我们决定该跟大家道别了。

“Ohanyougozaimasu。”我在幸秀耳边轻声说“早安”，他睁开眼轻笑了一声。我们付清了自己的餐费，跌跌撞撞地回到旅馆。

第二天，多数团员都前往机场。丽贝卡和我甚至不知道两天之后自己会在哪里，但几乎其他每个人都清楚知道明天早上自己会在何方：回到澳洲的工作桌前，一面适应文化冲击，一面设法再度回到原本的生活中。回到家乡后的头几个晚上，那群澳洲小伙子会在酒吧用越南话说：“Mot，hai，ba，yo！”（“一、二、三，干！干！”但没多久他们又会换回“喝干它！”的老调。几周内，所有人都会回归原貌。）

同时，丽贝卡和我在刚找到旅游节奏的其他人炙热但善意的嫉妒下，将继续前进。我们在遨游，不在度假——为抵达柬埔寨作准备，我们已经记住怎么用高棉语说“哈罗”和“谢谢”。

## 贫穷的柬埔寨

从西贡到柬埔寨的首都金边，搭巴士花了12美金，过程迅速顺利。这两城之间的距离不到150英里，同车的乘客几乎全是当地的中产阶级家庭，为了加快入境手续，司机拿了大家的护照一并帮忙办理。

一进入柬埔寨，就目睹了赤裸裸的贫穷。在越南，小屋多用水泥建成，这里用的却是茅草和泥土，很多小屋都用支柱架高起来，拍打在下方的是棕色的洪水，小孩子赤身裸体地跑过水塘，满身是泥痕。

我们到了一条河边，丽贝卡的全球定位器上显示，这里应该有座桥，但我们没看到桥，因为桥已经被冲走了。于是我们的巴士开上一艘一看就很不坚固的渡船，让船载我们到对岸。除了我们，船上还有至少100辆摩托车，塞满船上外露甲板的每个空地。

我们在日落前抵达金边，住进了柬埔寨饭店，从我们所在的顶楼房间能看到湄公河河湾的壮观景致。小小的木制渔船在河上用拖网捕鱼，有的木船在船外加装引擎，有的则是脚踏船。

饭店楼下的博弈区人声鼎沸，我们把赌注下在由机器运转的自动轮盘赌局上，还有一位服务生端着水果饮料过来，我们怎能说不呢？一群群越南的男性观光客围在我们身边，个个都兴高采烈地一面赌博，一面毫不间断地吞云吐雾。这些人比他们的柬埔寨邻居富有多了，似乎也把金边当成了某种狂欢天堂。

舞台上，有个名叫克里克斯的菲律宾翻唱乐团，这种乐团就像西欧的性工作者，似乎是世上少数取之不尽、用之不竭的资源。我就见过阿姆斯特丹、杜拜和洛杉矶等地的菲律宾迪斯科乐团，不管是哪里需要畅销流行曲，这种乐团就会奇妙地出现。

克里克斯乐团结束表演时，一个自称是“亚洲版汤姆·琼斯”（Tom Jones）的男人走上舞台。他果真是亚洲人，也真的超像汤姆·琼斯的，他在轻飘飘、敞开扣子的丝质衬衫下，戴了一个大大的黄金十字架，当然也拿（不是什么稀奇的事）来当首唱曲开场。

丽贝卡这时已把各式热带饮料都喝了一遍，她看了看四周哗哗作响的赌博游戏、脸色难看的越南人、打扮穷酸的柬埔寨鸡尾酒女服务生，和那些怎么看都像是警方素描通缉图上有恋童癖的欧洲怪男人，沉思起来。

这间饭店建于1962年，见证了金边这个城市在约35年前的人口外移，后来又开始有人归返。

“不是什么稀奇的事，每天都在发生……”亚洲汤姆·琼斯唱着。

“其实真他妈的稀奇啊。”丽贝卡低声回答。

我们去过的地方已经够多，现在的我对奇风异俗和吓人之事，像是无人管束的野生动物啦，人行道上赤身露体、为数众多的小乞丐啦，和数以百万计、在街上摇摇晃晃地行驶的黄包摩托车都已司空见惯，不再大惊小怪了，然而事实上，柬埔寨是我们这段旅程可能会拜访的国家中，发展程度最低的一个，有点像是荒野最前线的这里，本身就颇吸引口味稍异的西方观光客。根据我不甚专精的研究显示，会来这里的西方游客可归类为以下两种人：

一、背包客。这些预算有限的游客来此寻找廉价到不行的住宿和浅尝冒险的感觉，还有（搞不好是最重要的）大麻。我只是逛逛金边的背包客区，就至少3次有柬埔寨药头对我低声说："嗑一管？我有好货。"

背包客区自成一种奇怪的经济，房间每晚只要两美金，大麻烟基本上不要钱，因为似乎总有人会传一管过来。但一本书页边缘卷起、书龄15年的汤姆·克兰西（Tom Clancy）英文平装书，却得花上惊人的5美金才买得到，我想是供需平衡的缘故吧。

最便宜的背包客栈都挤在一个湖水高涨的湖岸边，我们闲步走进每晚两美金的客栈场地，却发现里面淹满了水，一只小鱼从一英尺深的黑暗中跳起，哗啦一声钻入水下消失了。一个想回房间的小孩打不开房门，因为湖水涨得把门顶住，当他终于打开门时，带起的大波浪一波波传到庭院的另一边。上方的走廊上，两个早已飘飘然的年轻人在看好莱坞电影DVD。

"也许这里应该叫做'嗑乐地'。"我对丽贝卡说。

"你快沉沦了。"她说着，拉起我的手，带我回到文明地带。

后来，我在莱佛士酒店（Rames Hotel）点了杯琴汤尼，好把身上那股背包客的味道冲掉，这杯酒的价格高得足以让一位恍惚嗑药者在廉价旅社住上整整两星期。

至于我们在这里看到的另一种观光客……我该怎么说才够委婉呢？他们都有恋童癖。

就在昨天，我们从饭店房间的电视上看到一段新闻报道，又一个有恋童癖的欧洲人在东南亚被捕了。这种事似乎一天到晚在发生，我猜这里吸引他们的是温暖的气候、低廉的生活开销和莫须有又好剥削的青春。

当然啦，我没办法证明我们在金边看到的西方男人全是恋童癖，他们也可能是老实的生意人，受到新兴市场的吸引。但老天爷，如果有什么人像有恋童癖，那就是我们在饭店看到的那些人了，他们都躺在泳池边休息，而在附近的购物中心则有小孩和青少年在美食街晃来晃去。这些人有种特定的模样，很多头皮屑、厚厚的塑胶眼镜、穿袜子配凉鞋，还有一对紧张地瞄来瞄去的眼睛。

在华盛顿特区，丽贝卡和我有时候看到福斯金龟车时，会玩起“打汽车”的老游戏。但柬埔寨的车子很少，因此很难在这里玩，但是有一次我们在金边的街上走，丽贝卡忽然戳了戳我的肩头。

“打恋童癖。”她低声说。

我抬眼，及时看到经过身边的人，他长得就是警方通缉素描图上的那副模样，正连走带跑地往购物中心前去。

## 著名的“吴哥窟”

搭巴士要花6小时才到暹粒，也就是俗称“吴哥窟”的有名寺庙群。巴士上的乘客似乎刚好一半是西方游客，一半是当地人。一架悬在巴士天花板上的电视，播放着诡异的中国间谍电影，还配上了高棉语的发音。雨把公路冲得处处是泥水，司机在牛群、水牛和自行车骑士之间迂回穿行，拖泥带水地驶过泥泞的马路。

第二天，我们参观吴哥窟时，乘坐的是“摩托拖车”，也就是改装过的普通摩托车，后面拖一个可以载人的特制车棚（虽然很像，但不该跟泰国的嘟嘟车或印尼的自动黄包车弄混，因为这两种都是完整的三轮交通工具，而不是有着拖曳挽具的摩托车）。

我们的摩托拖车驾驶达利斯说，他从某个中央交换所租来这辆车，一天两美金，然后让观光饭店以一天12美金的价格跟他预订。扣除加油费用和饭店丰厚的抽成，他一天可以赚一两块美金，但小费不算在内。一位出手大方的观光客，给一张折好的钞票当小费，有时就比达利斯一整个星期的收入还多。

从这件事就可知观光业对暹粒有多重要，柬埔寨甩脱了阴暗的过去，以拥有联合国教科文组织评定的世界遗产地为荣，蓬勃发展成时髦的观光胜地。年纪较长也较富有的观光客，开始随着背包客大批涌入。预测家也说，再过不久，吴哥窟每年就能容纳300万名观光客。

这些寺庙藏身于雾气弥漫的丛林藤蔓之后，不难让身在其中的人觉得像是巧遇遗失文明的考古学家。但正如任何所有人都想看的美妙事物一样，光看是不够的，还必须有一间纪念品店、一家高级餐厅和一间五星级的房间可以过夜。豪华饭店像缠绕那些寺庙的藤蔓一样，环绕在暹粒四周，市区边上还有一座新潮的高尔夫球场正在兴建。

不过，放荡不羁、背包客式的特质仍残存在某些偏远地点。在暹粒的一条大观光街上，有家名叫“狂喜比萨”的小饭馆，饭馆的商标是一张神情狂热、眼睛是旋涡的脸。我们的理解是，如果我们请服务生来一客“欢喜比萨”，端来的派皮上会有混合了大麻的乳酪。

“欢喜吗？”在我们点餐时，那位服务生问，“还是欢喜得不得了？”

“欢喜得不能再欢喜了。”我毫不迟疑地回答。

另外几桌全坐着年轻的西方人，散发着一股坏坏的友爱气氛，好像这是小偷的巢穴，而且他们都是愉快、爱呵呵笑的小偷。

事实上，无论是印度大麻、还是高棉菜（比萨可不是高棉菜哟）的传统食材，都使得我们的饼皮美味极了，尤其是那几团绿色纤维。我们吃完，付了钱，脚步轻快地走回饭店，希望能在药性发作、模糊掉方向感之前回家，可不能昏昏然地在晚

上的丛林里迷路啊。

回到房间后不久，让人陶醉其中的感觉就开始了，那感觉真是美妙。丽贝卡觉得昏昏欲睡，就拖着步子上床，我却清醒地躺在床上，享受夜晚从敞开的窗户吹来的暖风。长久以来，这是第一次我那模糊的思绪飘回了家。

我想念朋友和家人，好想跟他们聊聊天，但如果我现在就从饭店床头柜上的电话拨过去找他们，我们的对话也不会好到哪里去。我的脑部空间受到大麻和旅行者飘游的情绪振奋，肯定会跟他们的搭不上边，找不到共同的波长。

我思忖着自己还留下了什么。经过这段时间的旅行，过着背包客在各个城市间飘游的生活，我忽然发现自己开始丧失对事、对地的依恋了。我生长的城市、我应该居住的城市，都成了地图上多出的两个点，那些在我们离开华盛顿特区之前，放进储藏室的衣服、家具、纪念品，要是全都被烧成灰又被风吹走，我也不会皱一皱眉头。我怀着既骄傲又担忧的心情，发觉自己正转变成一辆重型卡车，我轰隆隆地碾过地图，永不停歇，移动就是我的新身份。

我不记得自己睡着了，最后我融进了一个象征的、古怪的梦境中。我在车子里，车子在华盛顿宽宽的高速公路上行驶，我们已经成功环游世界一周，这一段只是最后的几英里路，但我到了市区却找不到停车位，停车场都停满了，路边计时车位也都有车占据，我不断开车绕着，一圈又一圈，最后在惊吓中醒了过来。

已经早上了，我听到公鸡啼，没耐性的摩托车骑士使劲地按着喇叭。声音好陌生，而我怎么样也想不起来自己在哪里。中国？越南？一切都堆叠在一起，成了模糊的一团。

一直到我跌跌撞撞地走进浴室，让温水流过头皮，我才有办法把脑中乱七八糟的碎片拼凑起来。

## 告别乖戾的越南，去往曼谷

我们租了一辆车和一位司机，带我们到泰国边境，路程共90英里，却因为路况不佳而花了整整3个小时，高速公路铺在淹了水的田野间，路面全是一片片的泥泞。

（背包客有个谣言，说当地的航空公司贿赂柬埔寨政府，维持这条路破不堪用的状况。航空公司载曼谷的观光客来吴哥窟，生意极为兴隆，这段路不算长，只有230英里，因此如果高速公路更安全、更平顺，就会有更多观光客开车或搭巴士，而不会搭飞机。）

我们租的奇美汽车在喇叭声中，行驶过马路两旁的坑洞，有人把鞋子高举过头，蹒跚地走过泥泞，到处看得见动物，我们身处在撞上牛身的重大危险中。

因为车速太快，司机发现前面有辆停着的车时，用力踩刹车已经来不及了，我们“砰”的一声撞上那辆车的后保险杆。那辆车的司机下车要抱怨，但我们的司机却大笑几声，按了几下喇叭。他打起倒挡，让车头脱离保险杆，然后绕过那个大叫大嚷的车主，继续行驶。没多久，我们前方出现一条窄桥。一个小乞丐挡在桥口，双手紧扣作势祈祷，我们的司机完全没减慢速度，小乞丐在千钧一发的时刻闪身离开，双手仍然交握着。

又开出几英里后，我们在路旁停车，司机二话不说打开车门，走了几步路，对着水沟开始撒尿（我一直期待华盛顿特区的计程车司机也会在路上依样画葫芦，但却从来没真正发生过）。

这位恶魔司机载我们到了边境检查站，海关人员一点都没找我们的麻烦。离开了混乱的柬埔寨，让我感到一丝悔意，因为从现在起我们将前往的国家，几乎肯定不会那么乖戾了。

我们在边界另一边找到了一辆愿意载我们前往曼谷的泰国计程车，泰国这边的马路路面平整又宽阔，有漆色完好的路标线和安全岛。没多久，我们就看到曼谷市闪烁的傍晚轮廓。

7

第七章

# 从曼谷到新加坡

## 曼谷——高雅与肮脏的结合

我上一次到曼谷是好几年前，正好撞见一场斗鸡赛，一群大声吆喝着的男人押赌注，公鸡互啄对手的脖子。

曼谷仍有那份开发中世界的疯狂：仿冒品街市集贩售“Beebok”的慢跑鞋，空地上的贫民窟全都小规模地畜养动物，还有一整片专为日本男人设立的性交易区。

不过，因为刚从金边过来，曼谷感觉起来很像丹佛，阴森的那一面隐藏在豪华的新购物商城和办公大楼背后，搭乘高架轻轨电车嗖一声经过时，才可能从上方瞥到一眼。

有着豪华环境和快速宽频的曼谷，成了我们计划下一段旅程的最佳基地，之前我们在陆地上的旅行并不需要作太长远的计划，因为频繁的火车、公车服务涵盖了我们大多数的路程，必要时也总能租辆车代步（不然摩托车也行）。但现在的问题是，我们就快没陆地可走了。

我们可以再在大陆上往南推进1000英里，直到马来西亚半岛底端，然后过桥上新加坡岛，但一到那里，所有马路、铁路就终止了，因此我们必须找个海上运输工具才行。

我们登入账户，开始搜寻，原来，不少货运公司的网站都能追踪现行货轮的目前位置和预定抵达港口，算是货运消息的数位版本吧。我们筛选着这些资料，找出接下来几个月中，预定经过新加坡港的多数货船。

这些货轮当中，只有少数几艘准许载客，能够应付乘客需求，附有客用设施（货运网站的设计都是让人寄送一整货柜的毛衣，而不是把自己运出去）。但我们还是找到了一艘名叫“西奥多暴风号”的货轮，它向来欢迎共行的乘客，而且会在几星期后从新加坡出海，航向澳洲的布里斯班。我们寄了一封电子邮件给汉堡南方航运公司（Hamburg Sud），要求预订舱房，经营“西奥多暴风号”的是一家德国船公司，已经有140年历史。

接着，我们开始找能带我们从澳洲启程的船，我们找到一艘名叫“马提斯号”的法国货轮，由世上第三大货运公司CMACGM经营，会从布里斯班航向奥克兰。如果此行不把新西兰纳入行程中可就说不过去了，毕竟我们早就想去那里看看。于是，最后我们跟位于马赛的CMACGM总公司联络，也预订了一间舱房。

一旦搭上这艘法国货轮，从澳洲航行1500英里到了新西兰之后，我们就很接近国际换日线（差不多是太平洋的中点了），但从这里开始，事情就没那么容易了。新西兰的人口不到澳洲的1/4，跟行经新加坡的工业出口更是隔了八竿子远，因此货柜船运交通也颇少见，届时在太平洋偏远角落的我们，将会很难找到往这里开的货轮。

至于客轮呢？没一艘发自奥克兰的东行渡轮可搭，因为这种渡轮要开去哪里？可不会有广大声浪要求开往太平洋迷你小

岛拉罗汤加的通勤服务吧。

我们开始搜寻国际游轮航班，游轮代表诸事完备的假期，而不是从甲地到乙地的便捷方式，因此多数游轮的航线都是绕行一圈，回到原本的港口。但我们想，或许可以好言说服哪一家游轮，让我们只搭航程中的一段。

丽晶游轮公司的“七海游轮”会在从现在起的一个月后抵达奥克兰，再于3周后抵达洛杉矶，似乎挺适合我们的，只不过有两个需要注意的地方：一是该游轮离开奥克兰的日期，就是我们搭法国货轮抵达的隔天，没有出错的缓冲时间，而货轮最容易延迟，有时候是因为要绕道（风向或潮流因素），有时候则在尚未离港时（货柜装卸过程中的意外障碍）。风险在于我们还没抵达奥克兰，游轮很可能就开走了，而且我们不可能赶得上；二是这是超高级豪华游轮，昂贵得要命，可说是预算杀手。

不幸的是，想横跨太平洋却不搭飞机，没几个选择，更没有符合我们需要的货轮会在接下来几个月从奥克兰出发，我们也不能计划走上码头，招来一辆毛利的舷外浮杆独木舟前往火奴鲁鲁岛。我只好用力吞一口口水，在游轮公司网站上输入我的信用卡号。

这段昂贵的行程安排好了，我们从这里到洛杉矶的基本路线就算确定。我体内坐立不安的漫游者虽然希望能让行程更开放一些，但长程海上旅行实在不太能随性而为，因为搭便船横渡海洋不止困难，简直是濒临不可能。

曼谷一直是高档雅致与肮脏骚动的完美融合，我们找到一间小饭馆，里面有丽贝卡吃过最美味的泰式椰汁鸡汤。同时，在一家时髦的健身俱乐部果汁吧中，我成功在卫星电视上看到红袜队赢得世界系列赛的决赛，我得哀求服务生转到那一台，而且我还是唯一专心看球赛的人。坐在我附近、打扮新潮的泰国女人刚走下椭圆形的健身机，啜饮着石榴思慕昔，在我看到关键全垒打，握紧拳头大叫的时候，还警惕地瞄了我一眼。

## 疯狂的巴士之旅

但现在该是丽贝卡和我开始为前往新加坡作些准备的时候了，我们不该丧失行动力，于是我们拉上背包的拉链，甩过肩头，换上一副旅人的表情。

曼谷的火车站跟北京的吵闹情况截然不同，事实上，这里的人根本不多，令人颇为意外。我开始想象悠悠闲闲地搭夜班车到马来西亚。

然后一个穿制服的男人探头到我面前。

“你要去哪儿？”他问。“火车取消了。”

整件事忽然间不太悠闲了。

那男人的制服有点破旧，让我认定他是在唬人。他先让我们相信没有火车，接着就会问我们要不要搭他堂兄的迷你货车去马来西亚，要收费。

我们不理他，绕过他走进车站主厅，朝专为外国人设立的售票窗口前进，现在看样子不是唬人的了，又有几个穿制服的男人对其他旅客发布这个坏消息，售票窗口的女人说，铁路局员工在罢工。

火车站里没有泰国人在等车，这点很合理，因为所有班车都被取消了，至于车站内的西方背包客，慢慢理解到自己不会在今天日落前抵达泰国海滩，就都瘫成了面色凄惨的一团，他们在大厅中央摊开包包，好像在等人拯救。

丽贝卡和我在车站的咖啡馆找到一张空桌，开始翻起旅游手册，好把泰国的跨市公车系统搞懂。我们旁边有个美国人听到了我们的计划，拉了一把椅子过来。他是个态度悠闲的得州人，也要去马来西亚，而且似乎把火车罢工当成随性旅行的好机会。

“我们只要比那些人抢先一步就行，”他慢条斯理地说，朝那堆悲伤的背包客点了点头，“不然公车票绝对不够用。”

最后，我们认定南曼谷公车站就是我们需要的，于是我们三人共乘一辆计程车，几分钟内就抵达了公车站。站内出乎意料的混乱：上百位泰国人和几个内行的西方人，全都急切地想把取消了的火车班次，改成搭一样可达目的地的公车，我们很快就在拥挤的人群中，跟那位得州人走散了。

售票窗口那位饱受客人烦扰的柜员不会说英语，但我仍成功买到两张自认应该是往南的公车票。我的关键技巧就是取出背包里的地图，指着上面的马来西亚，但现在我又看了看地图，却发现一件事：当时我手指着的也可能是缅甸。因此要是接下来我们的公车被抗议僧侣包围的话，就不难知道是哪里出了差错。

巴士大概是陆路交通中最不浪漫的一种了，船只和火车都保有古典的魅力，汽车也有忠实的粉丝，但却很少听到有人狂热歌颂巴士旅行，反而比较可能听说跟巴士有关的恐怖故事。

我自己就有一则：前往赤道途中，我搭一辆农村巴士前往太平洋海岸的一个海滩小镇。车上已经没有空位了，乘客不是坐在别人大腿上，就是摩肩接踵地站在走道上，因此司机叫我和朋友往车顶的梯子上爬。我们爬上车顶，高高坐在用绳索绑住的庞大行李堆上方。巴士以每小时40英里的速度，在泥土路上辘辘地行驶，我们只能抓紧随便哪个行李箱的把手，自求多福，沙尘中我什么都看不见，车子从一条低垂着的电线下方驶过时，我差点就被割头了。

以传统角度来看，除了全然不可预期的狂野刺激感以外，人搭巴士的理由是这样比火车或飞机省钱。为了换取这段平价的车资，你接受了显著降低的生活品质。大多数的巴士公司会在实际可用的空间中，塞进更多的座位，使得乘客没有交叉双腿的空间，有时甚至根本没空间放腿，而且不管你的座位离后方的厕所多远，终有一刻你的鼻端还是会察觉厕所的存在。

没错，搭飞机的经济舱，狭窄的情况也没好多少，但一般飞机的内部都比巴士里面要干净、明亮，而且如果你在周六晚上去过灰狗巴士站的话，就会同意那景象比机场还难堪得多。我至今还不太敢用巴士站的自动贩卖机哩，就怕会染上淋病。

至于火车，那就更没法比了，火车的座位空间更大，走道更宽敞，乘坐起来也更平顺，如果坐不住了，还可以从火车这头走到另一头，搭巴士时虽然也可以这么做，却绝对没那么令人满足。

上述这一切都没有贬低巴士之意，不管怎么说，巴士都还是高贵的四轮游览工具，能廉价地把大批客人载往火车和飞机无法前往或不会抵达的地方。

## 巴士的浪漫史

历史上曾经有一次，巴士甚至还稍稍领导过潮流。知名的工业设计师雷蒙·洛伊威（Raymond Loewy）（他后来替协和式飞机做内部设计，还替空军一号绘制机身图案）曾替灰狗巴士构思商标，并替该公司19世纪50年代的巴士想过造型。有“观景巴士”封号的高雅游览车上，还有服务员沿着走道推着饮料车呢。

想想美国史密斯森博物馆内针对美国运输史的一段主张吧：“在19世纪30年代到40年代早期，搭乘过跨市巴士的美国人，所用的是当时最便利、现代且舒适的引擎运输形式。广告、电影和车上设施都让巴士旅游先进又迷人，流线形的设计和装饰艺术风格的巴士站更增添了那股魅力。”

赢得1934年奥斯卡最佳影片的电影《一夜风流》，其中大部分的剧情便都发生在从迈阿密开往纽约的一辆灰狗巴士上。片中克劳黛·考尔白（Claudette Colbett）饰演的富家千金，虽然很明显是纡尊降贵地在旅行（她背着生气的父亲，隐姓埋名，离家出走），电影里刻画的夜班巴士之旅却充满友谊和浪漫色彩。整辆巴士上的人同声合唱（下次搭灰狗巴士的时候，我看你敢不敢依样画葫芦来上一段），甚至克劳黛最后还跟标致的克拉克·盖博抢起了座位。

到了1969年，时代变了，中产阶级的人普遍都有了自用车，巴士是穷得买不起轿车的人的交通方式，也成了比过去更蹩脚的代表。那年的奥斯卡得奖电影是《午夜牛郎》，片尾从纽约到佛罗里达的那趟巴士之旅，跟《一夜风流》里欢乐的巴士行截然不同。这一次的调子就没那么克拉克·盖博，而比较达斯汀·霍夫曼了：他演一个油头滑脑、得了肺病的流浪汉角色罗素·拉曹（Ratso Rizzo），最后在巴士后排座位上一位男妓的怀中死去。

最近，情况可能又恢复了旧观，因为巴士似乎准备进入另一个黄金时期，几家新开业的巴士公司，包括由老公司灰狗巴士经营的闪电巴士（Bolt Bus），现在都提供在美国东北走廊来回、廉价却舒适的服务。关键销售点仍是价格，因为这些巴士的票价都比同路段的火车或飞机还便宜几百美金，但也有另一个因素：企图为新时代的人重新包装巴士旅游。这些新巴士公司把无线网络和笔电插座纳入车内设施，引来一批更年轻且高收入的乘客，2006年到2008年，美国国内巴士客群还增加了，造成40年来首次的兴盛。

我们现在搭乘从曼谷开往泰国南方边境的这辆巴士，号称对巴士内部做了更剧烈的改造手段。这是一辆豪华的巴士，每张座椅都有个人电影播放器，内含当前的好莱坞电影，座椅本身宽敞豪奢，而且几乎能够调到完全平躺。看起来，车上的其他乘客除了前去上班的年轻的泰国生意人，就是准备去度假的泰国中产阶级家庭。

我们在这趟夜班车上睡觉应该不成问题，唯一的真正顾虑是安全。不像大多数的巴士，这些座椅没有安全带，而且我们坐在双层巴士的上层最前排，前面除了大大一片玻璃以外，什么都没有。

“要是我们出了车祸。”丽贝卡说，“请转告我爸妈我爱他们。”

“要是我们出了车祸。”我说，“你可以亲自告诉他们，因为你会穿过挡风玻璃，一路飞到萨拉索塔注才停。”

## 泰国的杂技演出

巴士在第二天清晨抵达位于泰国西海岸的沙敦镇，即马来西亚边境以北之处。我们从巴士站搭乘车，行驶几英里去船码头，然后转搭一艘没有其他乘客的小渡船，往西南方破浪前进，横越波浪起伏的安达曼海。90分钟的航程过后，船停靠在马来西亚兰卡威岛的小艇码头。

兰卡威有细颗粒的沙滩，岸上有林木茂盛的丛林，还有几家五星级度假村，在搭货轮前往新加坡前还有充裕的休息时间，因此我们决定住进一间安静的天堂。我们在饭店房间的露台上，“砰”的一声打开两瓶香槟，凝望着海洋。

几分钟后，一大队猕猴跑出来，蜂拥而上我们的露台栏杆，向我们乞讨食物。我发誓它们还很有心机地把最可爱的娃娃猴子推到中央前方，博得我们的喜爱，这办法真管用：丽贝卡忍不住从迷你吧拿了几片饼干丢给它们。

这群猴子争先恐后地跑走之后，另一批灵长类动物又荡到海滩的树上。饭店的住客手册说，这些是“黑叶猴”，还说这片度假村领域上随时可以见到它们。这种猴体形小（跟小狗差不多），全身长着软软的黑毛，只有两只眼睛周围是白色，头顶还有一小撮摩霍克式的白发。猴子静静地坐在树枝上嚼着树叶，以一种沉着、好奇的神情望着我们，倨傲得不肯像那些不要脸的猕猴那样，跟我们要食物吃。一旦吃够了树叶，它们就又荡入树林间消失不见（念过生物学研究所的丽贝卡说，它们在树枝与树枝间荡来荡去的行为，叫做“交臂荡”）。

那天晚上，在饭店的户外酒吧，通体可爱的动物秀继续上演着。我们注意到打了光的洞穴内，有东西在树林间跳跃——但又不像跳跃，而像飘浮。我们仔细观察研究了一会儿，发现那些飞翔的动物是飞狐猴。它们从高高的树枝往下跳，伸展手臂，双腿撑开像翅膀的皮肤隔膜，然后就能滑行上好一阵子。抵达75英尺外的树时，就拍打空气停住，轻巧地降落在树干旁，用小小的爪子钩住。飞狐猴整夜这样滑行来去，好像纯粹想娱乐我们，那简直就像在看一场迷你、长毛的杂技演员表演。

## “凯瑟琳号”快乐的年轻人

早上，我向饭店路旁水泥屋里的男人，用40令吉（马来西亚的货币单位）租了一辆摩托车。那男人的主要业务是替观光客洗衣服，只有一辆摩托车可出租，不幸的是，这辆车不是自动排挡的，我只得快快学了一下怎么用脚踢换排挡而不翻车摔落。

我很快就学会了，而且没多久我就骑车驶过海岸和椰林之间的窄路，在风中眯着眼，偶尔被垂吊在半路、又大又软的树叶打到。我贴近地面驶进圆环的弯道，加到最高速，沿着圆环骑了一阵想看路标，打到低挡，又转动把手加速。我觉得自己成了史提夫·麦昆（Steve McQueen），如果史提夫骑的不是车身抛光、模样拉风的机车，而是一辆50CC的紫色摩托车的话。

我们的渡船昨天在轧轧声中驶进港口，但我发现旁边一个洞里静悄悄地停了一艘漂亮的小艇，那地方名叫“皇家兰卡威快艇俱乐部”，本人目前正往那里前进，任务是博得随便哪位快艇主人的欢心。丽贝卡和我有时间慢慢前往马来西亚海岸，而我很好奇能否找到一位船主，愿意载我们一程，前往新加坡，不然更往南一点，到吉隆坡也行。这块水域上有很多休闲船艇来去，因此我们或许能说动哪位船长让两位友善又健壮的水手上船。

我把摩托车停在人行道上，走进快艇俱乐部，一个年轻的马来西亚女人站在柜台后方。我（因为不清楚该怎么跟他们沟通，讲话断断续续、结结巴巴的）问她能否让我逛逛快艇俱乐部的码头，如果船长允许也上船一下。

“没问题。”她微笑着说，“你可以跟我朋友谈谈，他们在‘凯瑟琳女士号’上面。”她告诉我船位号码。

我走过双桅帆船和双体船，来到一艘灰色、长约45英尺的单桅帆船前方，船身上漆了“凯瑟琳女士号”。甲板上有两个年轻人，金发的那个拨弹着吉他，棕发的那个轻松地做着伏地挺身，两个人都打着赤膊，皮肤晒成了深色。

“不好意思。”我说，打断了他们的工作，“请问你们知不知道有谁会往南开？”我作了自我介绍，说明来意之后，他们请我上船，还让我坐上有遮阳篷的驾驶座舱。金发的那个消失在甲板下，几分钟后再度出现，递给我一杯加了炼乳的越南咖啡。

麦可（金发的那个，看模样大概23岁）和弗毕斯（棕发的那个，年纪大一些）都是温哥华人，一同旅游东南亚，几周前来到兰卡威，没多久就认识了一个拥有“凯瑟琳女士号”的美国人。那个人在印尼的石油业工作，把“凯瑟琳女士号”停泊在兰卡威，但自己大部分时间都待在雅加达的房子里。在这位石油男遇见麦可和弗毕斯之后没几天，就离开了兰卡威，却邀麦可和弗毕斯住在他这艘无人船上。他们俩接受了，一把撕掉回加拿大的飞机票。

现在他们成天在小艇的甲板上过日子，成了长期在这个古怪小艇社区里的住客。偶尔抽出“凯瑟琳女士号”船底的积水，或稍事修理船上的索具，有时候也参加区域性的帆船赛，但多数时间他们只是弹吉他，做伏地挺身，晒太阳而已。

弗毕斯在登上这艘船以前，就是经验老到的船家，他父亲在温哥华设计、建造双桅帆船，他自己也翻修过一艘快艇。他虽然无怯让我搭乘“凯瑟琳女士号”往南（他不想碰运气问船主准不准），却认为可以帮我跟几个人牵牵线。

“来。”他说，“我们去码头上走一走，看看会怎么样。”

弗毕斯光着脚，打着赤膊，手里拿了杯冰茶，带我到突堤码头上来回走，边走边滔滔不绝地对旁边各式各样的船品评、轻喊起来：“那一艘真是超级经得起风浪”或“他们怎么把自动导航搞成那样”。他希望能帮我找到一艘在此停泊了几天的三体船，但该船的加拿大船主却说他哪里也不想去。

更进一步的努力也都毫无成果，大家都很热诚，总是邀我们上船，请我们喝冰凉的啤酒，但没人有那个心情开船，他们似乎比较想喝酒。一个男的从自己的小艇船舱里出来，身子摇晃，一望而知是酒喝多了，这幕景象令人不安。这时，弗毕斯建议我明天再来，看看运气会不会好一些。

我第二天下午又过去，这一次摩托车后座还载上了丽贝卡，我们跟那两个男的在“凯瑟琳女士号”上随便聊天，然后弗毕斯和我又上小艇码头逛了一圈。一样没有结果。我好奇地问那些人，要是我付钱请他们开船去南方如何？但没人有兴趣。看样子，如果你能在天堂的专属小艇上享受休闲时光，你就不太需要钱了。

不仅如此，这些人还根本不想离开，他们过得太太太有意思了！兰卡威的啤酒免税，而且就我所知，半数的船家从早到晚都是醉醺醺的。弗毕斯和我走回"凯瑟琳女士号"的途中，闪身躲过一个在码头上骑折叠式自行车的男人，他刚从烈酒商店回来，一边的腋下夹了一箱啤酒，空着的那只手还抓了个酒瓶。他经过一排船只，大家都从书刊上抬起头，挥手打招呼。

"他们都不是过来长住的，"弗毕斯说，"可是一回首，3个月就过去了。"

我们在"凯瑟琳女士号"上待了一阵，又有几个年轻人也过来了，分别是一个英国人、一个澳洲女人和一个兰卡威人，兰卡威人在小艇码头上负责修船。我们过了一个美好的下午，最后我们邀他们全部在夕阳西下时来我们饭店喝杯鸡尾酒。

丽贝卡和我骑摩托车（路上遇到一阵热带大雨，雨水滴进我眼睛里好疼），其他人随后都搭计程车过来。我们叫了房间服务，订了一桶啤酒、一瓶兰姆酒和几盘吃的，大家都喝得微醺。我们在露台附近的树上发现一只犀鸟，李（那个兰卡威人）说他有时会用弹弓猎这种鸟，猎到了就煮来吃掉。

"但它们都是一辈子成双成对的。"他说，"所以如果你杀了一只，只得也杀另一只，免得只剩一只太孤独。”

“你身上有几个饰钉？”有人问那个澳洲女郎。她摸了摸一边的耳朵，数了起来。“一……二……”她偏过头，摸着另一边的耳朵，“三。”接着她沉思了一会儿，看着下方。“七个。”她最后斩钉截铁地说。

这时那个英国小伙子（他父亲有一艘小艇，就停在俱乐部那边）从短裤口袋里抽出满满一包大麻。

“这里有个坏消息。”他说着，卷起一根大麻烟，“死刑。”然后点了烟，深深吸了一口，然后传给大家。

这种小艇氛围很有传染力，丽贝卡和我开始一面想象，一面讨论着我们该不该把剩下的生活储蓄都拿来买一艘小艇。我们可以在热带港口间航行，或者光是在兰卡威享乐。船身在40英尺以内的都可以停泊在小艇码头，一个月300美金，不过是在华盛顿特区买栋优良单房公寓的皮毛而已。

弗毕斯上网找起跟开帆船有关的布告栏，想看看有没有人在找水手，他一直不死心。

“我绝对要把你弄上船！”他有点狂热地说。趁他休息去拿啤酒的时候，我迅速查了一下我的电子邮件。

## 我们遇到了麻烦

我的信箱里有封来自汉堡南方公司的信，我们预计从新加坡搭到布里斯班的那艘“西奥多暴风号”出了机械问题，需要找工程师登船修理，无法载我们去澳洲了。

这根本就是灾难消息，一下子把我打回现实，我们已付了从澳洲到新西兰的货轮和从新西兰到洛杉矶的游轮订金，两者都不能退款，而且两个行程环环相扣，但在第一块骨牌倒下之后，我就不知道还能不能搭接下来的两艘船了。如果我们真的错过了，就会损失一大笔血汗钱（差不多是一辆双门日本斜背汽车的钱），而且还会被困在距离华盛顿特区半个地球的地方。

我拉开一罐啤酒，摆出勇敢的表情，但心底其实很惊慌，铁的事实摆在眼前，我们不能错过那两艘船，把昂贵的订金拱手送人，如果我们找不到及时前往布里斯班的陆路办法，我们就只能……

我说不出口！这整趟冒险将会毁于一旦！光是想到要走过机场的安检门，走上空桥，挫败地瘫坐在椅子上，我就觉得想吐。

第二天早上，我们不再贪恋兰卡威的田园景色，坚决地踏上旅途。没有时间可以浪费了，我们务必找到一艘在这周以内从新加坡出海的船。

最后，我们在马来西亚海岸以南约80英里处，搭上一艘从兰卡威到槟榔岛的渡船，天空下起了雨，海面风浪颇大，前一晚的派对还让我宿醉。船内墙上拴了一架电视，正大声播放着一部中国动作电影，我想办法让目光盯住地平线免得晕船，但舷窗外只见起伏的灰色波浪。

一到槟榔岛，我们就往巴士站进发，也因为再过不久就要搭另一辆夜班巴士了，所以我们只能从车站转角一家热气蒸腾的摊子买些炒饭囫囵吞下。这辆巴士号称是“董事级”，有舒适的“打鼾座椅”，内部的确宽敞，但那都不重要，因为我睡不着。我的心思奔腾着，一直在找解决之道，一定有什么好办法能横越爪哇海到澳洲的。

我们第二天清早抵达新加坡，一上岸就开始跑。我依序打电话到市内每一家港口代理社。港口代理人员就是坐在码头附近的附属小建筑里，管理货柜船运进出港口的人，他们知道哪艘货轮现在在这里、船接下来会开往哪里。

可悲的是，没有一艘开往我们要去的地方。一位操着浓重印度腔的港口代理说，他只负责开往加尔各答的船务；另一位代理员只处理北向前往中国的货轮；第三位代理员则说，他有一艘船要去澳洲，但抵达时间太晚，来不及让我们搭上前往布里斯班的货船。（每一通电话的交谈过程中，在某个时刻代理员都会问：“你们为什么不干脆搭飞机？”）

然后，一线曙光出现了，一位名叫露西的代理员跟我说，有艘叫做“卡码库拉号”的货轮会在星期日开往弗里曼特尔（Fremantle）。弗里曼特尔与布里斯班遥遥相对，位于澳洲另一边的沿岸，如果我们能以迅雷之速驾车横越澳洲内地，说不定就能赶上往新西兰的船。

“我必须搭上那艘船。”我对着话筒说，不想让语气透出绝望。露西回答她会替我们想想办法。

15分钟后，她又打电话来，原来“卡码库拉号”由一家日本公司经营，八马汽船公司的业主从1878年起就经营船运业务了。露西说她跟八马汽船在神户的总部通了电话，说明我的要求的特殊性质，但对方无法通融：严格的安全规定是不准载普通旅客的，没有例外。

继续打电话给港口代理，只换来更多行不通的结果，半数时间我都听不太懂那些人浓重的广东口音，我还试着打电话给欧洲几家大货运公司，想看看会不会比较好，但结果还是一样。德国赫伯罗特公司（Hapag-Lloyd）的那个女人甚至没等我滔滔不绝地说完，就打断我，“我们不接受乘客。”她用坚定的德国腔说，“我们从来不载客。”

我把电话号码、代理社和货轮名字、日期和目的地都写在一张纸上，现在纸上已经写满了，我快要不记得哪个是哪个了。“八生港的艾力克，‘莲花号’——化学油轮。”我甚至不记得自己写下这一句干吗。

然后，又是一线曙光：一位港口代理（大概是我打电话的第十五位吧）说，有艘叫“普里斯敦角号”的货轮两天后会从新加坡开往澳洲，该船由赛普勒斯（Cyprus）的哥伦比亚船务公司（Columbia Shipmanagement）经营。

我立即打长途电话到赛普勒斯，一位名叫波博先生的男人耐心地听我说故事，已经束手无策的我，向他提出最后动之以情的恳求。几秒钟的沉默后，波博先生以极为严肃的语气说：“我会尽量帮你的忙。”他说他要问问公司的其他官员，然后再回我电话。

我对整件事有超好的预感，我与他之间的电话线流动着一股暖意，波博先生了解我，而且我想我也喜欢赛普勒斯。赛普勒斯有位网球名将马可·巴格达蒂斯（Marcos Baghdatis），我向来喜欢看他比赛，他的球技变化多端，又很敏锐。对，我觉得这件事会成功的。

但波博先生在一小时后打的电话却是坏消息，“非常抱歉，史蒂芬生先生。”他以深深的同情语气说，“我们没办法这么做。”

现在我们已经问过新加坡港的每一家货轮了，而且运气很背，我们也查了游轮、公共渡船和任何可能载我们过海的交通工具，可是都没有用。

福格解决这种问题的办法是对人家撒钱。他被困在印度时，买了一只大象代步，后来又买了一艘汽船，既然我们没能力掏腰包买一艘货轮，只得另辟蹊径了。

我在Facebook网页上丢出“急需从新加坡到澳洲的船，谁能帮忙？”的信息，就跟丽贝卡搭乘新加坡地铁到海边的一个站，就在更时髦的小艇码头附近。一个标志写着只有会员才能上的码头，但我们直接跳过大门进去了。

现在找帆船已经没意义了，因为速度太慢。帆船每小时差不多能开七八英里，绝不可能让我们及时抵达布里斯班，我们唯一的希望是找到拥有重量级舱房游艇的人，码头上的几艘赛艇或许也办得到，但似乎没有一艘船的主人在场。

接着，我们又搭计程车到圣淘沙，新加坡港口内的这座岛，上面有几家新潮的快艇俱乐部。我们跳过更多大门，逛了更多码头，但还是一点用也没有，就算我们找到快速的私人船艇，能够说服船主特别载我们出海2000英里去澳洲，但途中需要燃烧的大量汽油也使得抵达澳洲的机会很渺茫。我迅速考虑了一下偷船，然后想起我是在新加坡，这可是个连随地吐口香糖都会被杀头的地方呀！

就这样，在试过所有想得出来的办法之后，我放弃了。结束了，我们的冒险失败了。

在我们搭计程车从圣淘沙回去的时候，丽贝卡往下方看了一眼，注意到有艘游轮停泊在我们正下方的港口。船的烟囱上印了一个网址，她向我要支笔，把网址抄在手上。

“我们已经查过网络上所有的游轮了啦。”我灰心地说，“没有一艘帮得上忙。”

“我印象中没看到这一家啊。”她说，“谁知道呢？”

丽贝卡上网查那家游轮，我则在饭店房间堕落，我已经认命地决定要买两张机票了。我们要飞到布里斯班，照计划把剩下的行程走完，日后有机会再回来，把新加坡到澳洲的这段海路重来一次。我告诉自己，我可以把这段路留给往后的人生，就像一个令人期待的计划，但我知道情形不会一样了，这件事会成为我心中永远的痛。

就在我准备拖着沉重的脚步去旅行社问机票的时候，丽贝卡冲进了房间。

“是去澳洲的！”她大叫，“船是去澳洲的！”

那艘船名叫“梵谷号”，由英国一家小游轮公司经营，丽贝卡已经抄下伦敦订位办公室的电话号码。在伦敦接起我电话的那个女人说，她没办法卖票给我，因为新加坡是该游轮的一个小站，并非正式的登船点（这也说明了为什么那艘船从来没出现在我们之前的网上搜寻中）。她说我们需要跟船上的人谈谈，看看他们怎么说。

“船什么时候会离港？”我问她。

“明天。”她说。

我决定干脆现在就去码头，把事情问清楚，反正这是我们最后的机会了。丽贝卡把我们的护照丢进皮包，免得买票时会需要。

“快走啦！”我边吼边推她出门。

“我真喜欢你的急迫耶！”她微笑着说，同时我们三步并作两步地去地铁站，再度坐回港口。

抵达游轮站的时候，我们跟几位在岸上玩了一天、最后要回到船上的旅客一起排队。一位安全警卫在金属探测器前挡下我们，因为我们没有票。

“我需要跟船上的人讲话。”我说。

他拿出手机：“我打给经营主管菲尔。”按下几个数字键后，他把电话递给我。

菲尔一接腔，我立刻口若悬河地说将起来，这大概是今天的第十七次了吧！我还特别提到我们已旅行了这么远，要是现在功亏一篑有多么悲惨。

“所以……”我说出结论，“我真的很希望明天能够搭上这艘船。”

“明天？”操着流利英国口音的菲尔困惑地说，“我们现在就要开船了，事实上，我们15分钟前就应该开船了。不管怎么样，我们都没有空的船舱，真是抱歉，但我必须挂电话了，因为我们真的要启程了。”

“等等！”我大叫，“我们非上这艘船不可！一定有什么办法能让我们上船的！我们人都在这里！”我可以从站上的玻璃窗看到那艘船，我眯起眼，努力想看出菲尔是在甲板上的哪边。

“那么你可以试试打电话到伦敦营运中心。”菲尔怀疑地说。

我抄下电话号码，用装了当地SIM卡的手机拨到英国，发现手机的电力快没了，一时之间真想冲动地揍自己一拳，早上懒得替手机充电的下场，可能就会使环游世界旅行功败垂成啊！

同一时间，丽贝卡想到如果我们今晚要搭上这艘船，我俩其中一人就必须处理还丢在饭店的行李。她说她会叫计程车花10分钟赶到饭店，冲进去拿我们的行李，叫计程车在外面等，然后再飞车回来，我祝她天赐神速。

“等一下。”她转身要走的时候，我叫住她，“最好先把我的护照给我，跟我吻别，以备万一。”然后她就跑掉了。

伦敦营运中心的男人一接起电话，我就对着话筒大诉心中苦，我这辈子从来没这么认真过。

“求求你。”我最后说，“希望你大发善心，帮我这个忙。”

不知怎的，这句话说得不怎么动人。他请我稍候，不久又接起电话。

“有人现在去接你们了。”他说。

我挂断电话。一分钟后，我眼前出现神圣的景象：一个男人身穿熨烫笔挺的白色游艇制服，制服上还有金色的肩章，正从安检站的另一头朝我跑来，我对他挥手。

“史蒂芬生先生！跟我来！”菲尔说，“快点！”

我通过金属探测器，把护照交给海关关员，然后跟菲尔见面。丽贝卡想到我们可能会需要护照，真是感谢老天！

这时菲尔还在大口喘气，“我们动作要快！”他边喘气边说，身上的对讲机传出断断续续的声音：“菲尔，你在哪里？我们要出发了！”

我加快脚步跟着他在铺了地毯的走廊上冲刺而过，转了个弯，继续跑上又长又窄的梯板。穿着夹脚拖鞋的我跑得跌跌撞撞的，耳边听到游轮的汽笛在响——那声音几乎像在发脾气。我们跑到甲板边，踏上船，两位船站工人立刻拉起我们身后的梯板。

菲尔和我跑到甲板中央后骤然停步，弯下身子，大口喘气。几分钟后，我感觉船在移动。

菲尔开始调匀呼吸。“这是我这辈子见过最怪异的登船。”他气喘吁吁地说，“我从来没做过这种事。”

“我也没有。”我说，心跳还是快得很。

他赞赏地看了我一会儿。“你的行李呢？”他问。

8

第八章

# 从新加坡到澳洲布里斯班

## “梵谷号”狼狈且孤独的三天

身在“梵谷号”主甲板上的我还在喘气（气喘吁吁的游轮营运长菲尔也在我身边），手机就响了。一定是丽贝卡打来的，她毫无疑问是在饭店房间打包我们的背包。

我按下接听键，说：“喂？”

电话立刻断了，没电了。

真糟糕，丽贝卡只知道的两个选择是：一是我没上船；二是从我们饭店拿到行李又跑回码头的她，正在快赶到船上和我会面的路上。我拿着手机用力拍另一只手的手掌，想让电力恢复一下。电池一回来，手机立刻又响了。

“下一站是哪里？”我问菲尔，心中快速盘算着。

“答里岛。”他说，“3天后。”

我按下接听键，连招呼都不打了以免浪费时间，大喊着：“我们答里岛见！”

“什么？我听不见！”丽贝卡在断断续续的收信杂音中说。我来不及再说什么，电话又断了。

“快，把你的SIM卡给我。”这位新交的好朋友菲尔对我说。他撬开自己手机的背部，把我的卡插进去，一面警告我：“你的时间不多了，很快就会整个断信。”我看了看四周，“梵谷号”正稳定地驶进大海。

菲尔把插有我的SIM卡的手机重新开机，电话果然又响了。

“我有好消息和坏消息，”电话一接通，我们可以听到对方说话时，我这么对丽贝卡说，“好消息是，他们让我上船了。”

“真不敢相信！”丽贝卡兴奋地说，“我还以为没机会了呢！我就快包好行李了，马上就搭计程车过去！”

“现在我要说坏消息了。”我说，看着码头缓缓退到了远方，中间隔着好大一片水。

各位读者，你们或许认为我是个把带着一堆行李的丽贝卡孤零零地丢在新加坡的坏人（尤其是当初发现“梵谷号”的还是她，也是她坚持上网查才得知这艘船开往澳洲的），我承认即使到现在我都感到一阵内疚。

但对丽贝卡来说，她却没把这件事当成恶意，她认为这是分工合作，如果我们其中一人能成功环游世界一周，那我们两个都算成功。

手机信号开始消失，我祝她飞往答里岛一切顺利，并跟她约好等“梵谷号”抵达时，会跟她在码头碰面。我在海上要花3天，但她搭飞机只要3小时。

等我们都喘过气来，菲尔终于带我到船上的管理处，我正式成了游轮乘客，几位没看到我们手忙脚乱冲刺梯板场面的船员都围了过来要听故事，于是菲尔和我说起这段惊险历程。我们虽然是6分钟前才相遇的，却已经成为出色的喜剧拍档了，交替说精彩片段，插嘴旁白，还一唱一和地把这段经过说得越

来越活灵活现。越来越多的船员围了过来，我们又开始从头说起，我的观众听到我只有身上的衣服、钱包、护照和手机就登船了，都吃惊得说不出话来。

事务长要我填几张表格，然后递给我一把新舱房的钥匙，她说这是船上唯一空着的舱房，还是今天下午才空出来的。我的运气真是奇迹般地好，只是有一点恐怖。因为该舱房内的老住客病入膏肓，不得不下船住进新加坡的医院。原来这艘船上的乘客几乎全是英国退休人士，我在走向自己房间的走廊上，就一直碰见坐轮椅的乘客。

我的舱房是个无窗的舒适场所，就算我扭亮天花板的日光灯，室内还是很暗。刚才的登船奋斗加上可能得搭飞机的残存焦虑感，让我如坐针毡，精神紧张，方才那段疯狂的速度感现在骤然切换成低挡，也使得我局促不安。但船在轧轧声中前进，对我跃动的神经元和乱蹦的心跳置之不理。

接下来的3天是萧条的间奏，4个月来习惯了身边有丽贝卡的我，忽然觉得好孤单。单独旅行可以是浪漫又充满活力的（独孤旅游侠在泥土路上漫步的画面），但一趟老年人的省钱游轮之旅却绝对跟浪漫与活力扯不上关系。没有丽贝卡来帮我理清思绪，一同嘲笑这些守旧的人，我觉得整个人好像失去了重心。

游轮本身并没提供足够的事情让我分心，这是艘小船，没有太多设施，所以除了整天躺在甲板的躺椅上，就没多少事可做了。我向外面的酒吧一连点了好几杯冰啤酒，想让自己喝到睡着。

醒着的时候，我看着地平线上的绿色印尼岛屿，或凝望大海闪亮的紫色水面找寻飞鱼的踪迹。飞鱼会一次好几只地忽然跳出海面，把胸鳍当翅膀在热带的半空滑行几秒，然后切回波浪下方。想到这些鱼能短暂地逃离生活的水域，就让我颇有感触，我想象呼吸到陌生空气的欣喜，还有落回常态的失望（没错，我也想起自己可能是预期到终将回归现实生活）。

由于我在抵达答里岛以前都不会跟我的行李重逢，因此只得跟船上的小商店买了一把牙刷和几样杂物。可悲的是，这家店不卖内衣，于是我每天晚上都洗那条内裤，然后每天早上起床后，再把冰凉又有点湿的内裤穿回去。

既然没地方买新衣，吃饭时间就成了一个大问题，晚餐的衣着规定是西装和领带，但我当然只有穿着登船的那套行头：夹脚拖鞋、皱巴巴的卡其裤，胸前印有“柬埔寨”几个大字的衬衫（这件是在金边买的，当时急缺换洗衣服）。当我初次来到餐厅入口时，把一身燕尾服的服务生领班吓了一跳，他沉思了一会儿，然后勉为其难地带我到餐厅最后方角落的一张桌旁。

在这艘英国经营的平价游轮上，其他的乘客几乎都是退休的英国上班族，特流行的打扮比比皆是，很多人抽烟抽个不停，还有大量恐怖的牙齿状况。服务生领班替我选定的座位就在一个男人正对面，他苍白的脸色肯定是因为酗酒，上臂还有妻子姓名（布兰达）的刺青。我坐下的时候，他正大声吹嘘着在新加坡烈酒商店买到的威士忌有多便宜。

“他今晚就会把剩下半瓶喝光了。”布兰达爱怜横溢地拍了拍他的肩膀说，“噢，他一定会喝得大醉，绝对会。”

我向同桌的人自我介绍，最后免不了又把那段疯狂梯板冲刺的经过说了一遍，在我解释终极目标是环游世界一周的时候，桌友都很感兴趣，但并不觉得有多了不起。这是一艘环游世界游轮，启程地和目的地都是英国，但3个月的旅途过后，船上每个怪男人都等于是环游世界一周了，这点也稍稍降低了我的成就感。

“梵谷号”追随古典游轮的风格，有指定的餐厅座位，这表示一旦服务生领班替你选定了座位，你这辈子都离不开那张桌子，早餐、午餐、晚餐，日复一日都得跟同样一组人一起度过。我的桌友过去几个星期一直都一起吃饭，看得出他们都互感厌烦了。

有天晚上，坐我左边的一位白发男忽然从正在看的平装书上抬起头。

“我们还要航行多久？”他并没特别针对谁发问，“还有8周？老天爷，简直像在服刑嘛！”等他发觉四周投来不安的目光，又立刻埋首书本。

## 终于和丽贝卡会合了

虽然只有3天，这船却好像花了好几个星期才终于抵达答里岛，看到丽贝卡站在码头上的时候，我的心跳得像飞鱼。

我们一面把行李拉上船，我问她在飞机上的感觉如何，但结果她什么都不记得：她在新加坡机场酒吧喝了个大醉，想抑制对飞行的恐惧，结果昨天深夜才到答里岛，醉醺醺的她不知怎么还能找到旅馆，今早叫了辆计程车到码头来找“梵谷号”。

那天吃晚餐时，整桌的人对以下两项新发现议论纷纷：一是多了一个丽贝卡，大幅提升了所有人的整体美度和活泼度。二是我又拥有了行李，已经吃过9餐饭的我头一次穿了不一样的衣服。

丽贝卡睿智地决定点两瓶酒请大家喝，让整桌人谈得更热烈了。桌上最老的那位（显然已经喝了好几杯酒了）还得意扬扬地透露，几年前他差一点就死在医院的手术台上。他心跳停了，之后忽然又起死回生。

“是真的。”他太太说，“肯真的死过。”她还说她替这趟游轮旅买了保险，“以防万一他没办法走完全程。”

接下来几天，丽贝卡和我都在相邻的两张躺椅上晒太阳，保持在恒定且酒精浓度低的醺然感觉中。晚餐的气氛持续在不动声色的欢喜和怪异的恐怖间徘徊。

“我以前是舞蹈家。”还没死的肯的太太说，当时大伙儿正在谈退休之前做过的工作。“但我太瘦了，所以不容易找到工作。”

为了针对“改变中的理想女性身体与其代表意义”发表意见，我对她说，“那我想太瘦在现在这年头就不成问题了。”

听到这话，她低头看了看自己胖嘟嘟的身躯，一脸受伤又困惑的表情，在我还来不及把误会说清楚以前，另一个男人插口说起他在英国军队里的往事，之后是一阵令人不安的种族主义评论，年长的几位都同意“英国已经不再是英国人的喽”。

虽然丽贝卡的态度绝对比我还要乐观，她却赞成我们一定要尽早脱离这艘游轮，免得自己也变成满脸皱纹、驼背且一直处在醉醺醺状态下的英国夫妻。我的原始计划是搭游轮一直到布里斯班，再从那里搭货轮，但现在我已经无法接受这个选择了，我们只想经由这艘船前往澳洲，别的一概不接受，跟几乎动弹不得的醉鬼混在一起，已玷污了我们的冒险感，我们必须逃离。

船在达尔文（澳洲北岸一个充满阳光、有12万人口的小镇）短暂停泊的时候，我们跑下了那条曾让我在新加坡兴奋冲刺过的梯板。上岸之后，我们一次也没回头。我永远感激“梵谷号”让我登船，载我度过爪哇海和帝汶海，但现在我却觉得好像从一栋漂浮的疗养院里被解放出来了。

## 租车去澳洲，一路险象环生

自从离开美国，我就没开过车了，一直很想再坐上驾驶座，驾车驶过澳洲内地似乎是地球上最棒的公路之旅。当然啦，我们没有车，更对横越澳洲内地可能会遇到的危难毫无概念，但目前为止，我们已经成功把自己弄过了3/4个地球，这时的我们只觉得自己还挺有旅游天分的。

我们原本以为租车会很贵（毕竟我们是要租车公司让我们开他们的车，横越一大片无边无际的沙漠荒地到另一头，这中间可是有好几千英里呀），没想到达尔文市的一家租车公司还推出两地交车的优惠。他们需要迅速把一辆轿车从达尔文送到雪梨的一家姊妹联营店，如果我们能替他们开这趟车，在4天或更短的时间内完成这趟旅程，就能获得巨额折价，租车总价是：每天1美金。

真不敢相信会这么走运！可惜好运只到我们上了路，摊开地图的那一刻。

“哦。”丽贝卡说。她坐在我们刚到手的丰田奇美轿车乘客座上，我驾车往南，载我们前往荒寂的中心大陆。丽贝卡研究着我们离开达尔文市途中，从一家书店买来的澳洲道路地图。“我现在发现，澳洲好大好大哦。”她这么说。

如果要在规定的时间内从达尔文市到雪梨的话，我们就必须每天行驶约600英里，于是我们固定在日出起床，上车，中途几乎不停地一直开到暮色降临（我们不敢在晚上走那些阴暗又没人的路，怕万一车子抛锚、我们下车求救，却被一群饿慌了的丁格犬活生生吞进肚子里）。

现在我们明白，租车公司为什么只收4美金了，因为我们不是顾客，而是雇来的援助，我们正在做一件困难、吃力的工作，还受骗付了一笔小钱享受“特权”。

不管了，还是很值得，我都忘了在没有人的双向高速公路上开快车有多么刺激了。当然啦，这段旅程中我们也驾驶过几样交通工具，如在越南骑自行车、在兰卡威骑摩托车，但那些都不能跟开车相比。车内是私人的移动世界，前方、两侧和后方有观景窗，想让车头罩对准哪里就往哪里，踩下油门，感受自由，搭配收音机传来大声的澳洲乡村歌曲，我们开始一英里一英里地前进。

表面上看来，达尔文市是个不起眼的郊区，就像在美国中部随处可见的那一种，但那些无名的双层建筑和静悄悄的死胡同却掩饰了它多变的特质。这里其实是个前哨基地，一座不甚坚固的堡垒，周围是繁茂生长的大自然，堡垒的一边是无法游泳的险恶大海（“不必怕鲨鱼，”一位计程车司机安慰我们，“鲨鱼都被咸水鳄鱼吃掉，或被箱形水母毒死了。”）另一边则是荒芜冷酷的澳洲内地。

驶离租车公司停车场还不到半小时后，我们就已经见不到任何人类存在的迹象了，这里除了红土、莱姆绿的灌木丛和炙人的橘色太阳以外，什么都没有，我们越深入澳洲内地，周围就越荒芜。我们可以开上45分钟都见不到任何车辆，或是开上好几个小时都看不到任何房屋或建筑，没有加油站，没有告示板，只有一片令人震撼的空旷——一种绝对的空——这种空在美国已经很难见到了，当然这是合理的，毕竟澳洲的面积跟美国领土差不多，人口却只有2000万而不是3亿。

有一次，我们开车经过一大片灌木丛，这里正在发生火灾，就在不到百米外的路边，我们是这场可怕、熊熊炼狱之火的唯一目击者。由于附近没有可以挡风的屏障，这样的大火可能会忽然燎原，烧掉沿路经过的一切，只留下一小撮灰烬的痕迹。在最近墨尔本的几次火灾当中（其中有一次还烧了60英里之远），幸存者说从听到噼里啪啦的火烧声响接近，到最后火焰猛扑上来，他们只有20秒可以求生。

我得到的惊人印象是，这片大陆讨厌活着的东西，就像地球上一块拒绝同化的土地，上面的生物不是被迫想办法（如人类），就是以异乎寻常、有攻击性的突变来避开。基本上，你在澳洲会遇到的半数动物都能在几秒钟内把你杀掉，也只有澳洲会有鸭嘴兽（一种有毒、卵生的哺乳动物，刚看到这种动物的自然学家一定以为是谁恶搞出来的）或袋鼠（它们滑稽地跳跃前进，有时肚里的袋鼠宝宝还会探头出来，似乎是造物者对袋鼠开的玩笑）。

我们已经看过数十只躺在路上或沟里的死袋鼠，一直到开

车的第二天，才见到第一只活的袋鼠。现在我们知道原因了，袋鼠都有明确的求死欲，它们成群沿路跳跃，等我们的车子接近时，总会有至少一只袋鼠看准我们的速度，蓄势待跳，然后一个急转跳上我们所在的水泥路面。

我不怪它，澳洲一直是环境险恶的地方，你当然迟早会有想要放弃对抗的时候，目前为止我们成功闪过这些爱自杀的袋鼠，多半是因为我们学会在袋鼠群映入眼帘的时候猛踩刹车。

有时我会先发制人地朝窗外的袋鼠大喊："玛蒂达，千万别这样！你还有大好人生要过！"

路上的其他车辆全都有坚固的前车头罩，用以降低与袋鼠相撞的力道，让袋鼠的褐色身躯和血淋淋的内脏偏移，避开挡风玻璃。多数汽车还备有排气管换气装置，管子延伸到车顶，大概是让车子能够开过水深及胸的地带吧。看到这些坚固耐用的装备，使我们对这辆没有车头罩、没有换气装置，而且才刚出厂的家用轿车感觉没那么乐观了。

我们经过另一辆汽车（非常稀少，差不多每隔一小时才一次）的时候，对方一律会挥手，原本我们以为是车头灯没关，或底盘下面拖了一具或三具袋鼠尸体，但后来我们发现，那些友善的打招呼只是努力要塑造出人与人接触的短暂时光。这里能见到人就是福气，而且你永远不会知道自己何时会在荒无人烟之处没了汽油，必须从友善的撒玛利亚人车上抽一点。

我们上路后的第一天晚上就在瑞纳泉（Renner Springs）

过夜，这个小得不能再小的镇位于沙漠中央，围着一个泥坑盖了一间加油站、一间酒馆和一家乱糟糟的单层楼汽车旅馆。我们的房间里住着一只身上长毛，大如羽毛球的蟑螂，还有脚像筷子那么粗的两只蟋蟀。

第二天晚上我们抵达可努纳（Kynuna），人口总数85人。我们在一家名叫“蓝鞋跟”的旅馆吃晚饭，站在旅馆的门廊往四面望，一直到地平线都不见任何人烟。

最后我们跟3位当地的牛仔，或者说“杰克鲁”（jackeroo）（当地都这么称呼）一起喝酒。他们说他们整天都在赶牛。近来他们不骑马了，改骑400CC的摩托车巡视岩石遍布的牧地，引导动物入队。

“今天套了一只大家伙。”最年轻的杰克鲁骄傲地说，“它还没阉割，从没见过人类，我得把它拉倒，抓住它后腿才行。”

另一位杰克鲁酒喝得多了，感伤起来，他承认只身在外时会很想念女友。“我想打电话给她，可是连手机都没信号，有一次我请朋友让我爬上摘樱桃机，我挥舞手机才勉强有了几格信号。她问我：‘你在哪里？’我说：‘我在吊桶里！’”

差不多该解散的时候，他们邀我们明天一起去打猎，第二天是休假日，他们计划靠杀袋鼠来赚点外快，还说袋鼠肉是以公斤计价的。

“今天结束前我后车厢上就会有大概30公斤的肉了。”其

中一个说，“但你得射得够准才行，如果不是一枪打中头部毙命，就卖不出去。”

我们委婉谢绝了，一半是出于反感，一半是想到我不太可能一枪打中在百十米外跳跃的袋鼠头部，反而比较可能开枪打中自己的脚踝。何况，我们也没时间，我们得跟时间赛跑，才能及时把这辆车开到雪梨，于是我们回到以4片金属波浪板当墙，水泥地板中央有张床，角落有个洗手台的房间。

在澳洲内地高速公路上最疯狂的东西就是道路火车了，道路火车是巨型货车，但车厢上不像大多数美国马路上会看到的半挂车那样，只连一节拖车，而是连了三四节拖车，接成一长列，有点像火车，只是在路上。

经过这种东西真的会让人紧张得握紧方向盘，紧得指节都发白。你把车子驶上高速公路的反向车道，踩下油门，然后就好像时间静止了，你要超的可不是慢吞吞的十八轮大卡车，而是得把这辆六十几个轮子的车子甩到后视镜里面，即使加到最高速，你都会跟这只庞然巨兽（同时祈祷迎面不会有来车）并行个一两英里。

此外，我们对于驾驶方向盘在车子右边一事，还是不太习惯。美国跟世界上大多数地方一样（包括海上的船只），跟对向来车会车时都会靠右，为什么有些国家就是坚持要跟别人不一样？这件事我还是找不出满意的解答。

有个理论是说，在以马代步的年代，大家都靠左走，这样右手（多数人的右边都比较发达）就能跟迎面而来的骑士打招呼或斗剑。该理论自然需要验证：左撇子的拿破仑喜欢走在马路右边，这个小暴君坚持他的士兵和占领地区上的所有人都要照做。

这理论当然无法解释为什么美国和中国这样的国家开车也靠右，除非是我忘了拿破仑入侵新世界之后，又继续行军前进到了亚洲，不过倒是还有一大堆其他理论，包括跟美国马车构造有关的一个和跟女士横座马鞍礼仪的一个。

1913年，一个国际协会规定，为求一致起见，全世界都应该决定用同一边。这个决策显然被忽略了，因为仍有几个国家在几年中换了边，如瑞典就在1967年换了。在某一天的凌晨4点50分，所有车子都停下，大家都小心翼翼地把车子靠到路的另一边，10分钟后再继续开车。惊人的是，这种事竟然真做得到。

不管历史怎么说，这种未标准化的交通事宜，真是让必须换来换去的人忧虑不已。从我们抵达澳洲起，每次开车上路我都看错边，丽贝卡每次要打方向灯都会错按成启动雨刷的控制杆。

“方向灯杆真的应该在这一边啦！”她抱怨着，但一点用也没有，又一只袋鼠加快速度，一头撞上我们的挡泥板。

我们一小时又一小时地开着车，周遭的景色却一直没变，地图上的那一点似乎永远没前进多少。收音机上唯一的节目是板球测验赛，但这样也帮不上忙（就我所知，这比赛没有开始也没有结束，只是偶尔会“喝茶休息”）。我们每隔一阵子会停车，活动活动筋骨。下车时，那感觉就像有人拿吹风机，开到最强风然后对着我们的脸吹，而且这个吹风机还夹带一堆黑蝇。

最后，到了第四天，我们终于越过了蓝山，替澳洲内地画下终点，现在到处是文明的迹象，看到市镇标着“内地小镇”，告示板和标志还用上假的内地背景时，我们就知道自己已抵达直正内地的尽头了。真正的内地小镇绝不需要刻意宣告，谁都能一眼看出，因为四面八方都是内地。

我们抵达雪梨，把车子交给机场附近的租车公司，朝这辆可靠的四轮汽车望了最后一眼：车顶、前挡泥板和挡风玻璃全是横七竖八的动物残尸，有鸟的羽毛、大昆虫的翅膀和不知什么东西的黏稠绿色内脏。

“我想做染色体检验，看看我们车上到底黏了多少种动物。”丽贝卡说，“要是车头罩后面还卡了一颗完整的袋鼠头，我也不会惊讶。”

交车柜台后方那个一脸开心的女人问我们接下来要去哪里，我们说要到布里斯班。

“噢，很简单，搭飞机一小时就到了。”她说，认定我们现在是要去机场。我们解释说要搭火车，她一脸震惊。“为什么？那里沿途除了树，什么都没有！”她大笑，“树、树、更多树！”

如果你决定不搭飞机长途旅行，又想好好浏览途中的一切，你一定会匆忙经过几个无论如何也不想错过的地方，比如说雪梨，这是世界级的大城市，可悲的是，如果我们要搭上布里斯班的货轮，在雪梨就只有一天的时间，只够我们搭渡船绕港口一圈，经过传说中的歌剧院，然后参观宏伟的动物园（该动物园里的袋鼠眼中闪着疯狂的光芒，好像在找车轮好跳到轮下）。我们在庄严的市区匆匆逛了一圈，觉得如果有人把几平方英里的伦敦铲起来，扑通一声丢上圣塔莫尼卡大道，很可能就会是现在雪梨的这副模样。

为了弄清开往布里斯班的火车时刻并预订座位，我拨打了自动语音电话，电话里的声音要我针对问题说出回答，但电脑却听不懂我的美国腔，我急忙想模仿澳洲腔，很快就发现重点在于利用嘴巴里最深、最上端的一区。每句话都要从这里做出发音，一旦我切换成“鳄鱼先生”腔：“鹅点钟”（5点钟），整个过程就顺利了。

那天下午，我们搭上了从雪梨出发的夜班火车，外面天还是亮的，随着火车咔嚓咔嚓地前进，我们眼前出现了一幅起伏的山景，不仅不是租车公司女柜员所说的——全是树，还看到了嶙峋山丘包围着的湖和茂密田野上兴高采烈的马匹。多美的乡野风景！要是搭飞机，我们绝不会看到远在云层下方的这些细节。火车以其文明的悠闲步履前进，邀我们随着兴头举目凝望，让心灵飘游，并反思自己从哪里来、往哪里去。

我再次恭贺自己能够在地球陆地上披荆斩棘，却骤然且震惊地想起，这个选择也有坏处。一位身体虚弱、吸毒成瘾的女人带着满面泪痕的女儿在日落后上了火车，坐在我们正后方，女人开始行尸走肉般地在走道上来回地走，瞳孔扩张得像曲棍球的球盘，她女儿则一直坐立不安，但这妈妈却无法应付。

“亚力克丝，躺下！”她一遍又一遍地喊，浓重的澳洲腔发出含糊的字句。

毒瘾妈妈的喊声让全车厢的人都睡不着，如果我们在飞机上，这种折磨一小时就过了（而且很可能再也不会发生，我很肯定这女人拥有大量毒品，所以她才不想通过机场安检），但在这可恶的慢速火车上，苦难却持续了一整夜。

终于在凌晨5点抵达布里斯班时，我觉得头昏脑涨但苦不堪言。我甚至大感惊恐地发现，自己竟然暗暗希望搭飞机。

去他的！飞机
A Down to Earth
Journey Around the World

9

第九章

# 从澳洲搭渡轮到洛杉矶

## 让人快乐的“马提斯号”

在布里斯班港等着登上货轮时，我们在航员休息站喝啤酒打发时间，休息站是一间简陋的木屋，在四周高大的起重机和货柜堆包围下，显得侏儒般矮小。多数港口都有这样的地方，替经过港口的商船船员服务，这里也算是放假的水手可以聊八卦、收发电子邮件、打长途电话的中心。站内的角落有张足球桌、一大叠福音传道宣传册，还有醉醺醺的航员在发霉的沙发上打盹儿。没人质疑我们的出现，或许是因为到了此刻，我们也像一对风尘仆仆的水手了吧。

终于，我们的船“马提斯号”对航员休息站发出广播，可以让乘客登船了，港口的接驳巴士载我们通过一大片货柜场，经过一艘巨大的船身，我们在一条钢梯上爬了几百英尺，来到船的甲板，再跟着一位见习生进入我们的舱房。

没多久，我们又回到食堂，吃起另一位菲籍厨师煮过了头的晚餐。好消息是，由于这艘船由法国公司经营，我们的随餐红酒无限量供应。坏消息是，由于这是一艘又锈又老的货运船，红酒的滋味不是特别好。但是没关系，迅速喝下两杯酒之后，我们就去船员休息室集合，听安全讲习了。

“马提斯号” 上的工作人员几乎清一色是罗马尼亚人，这点可是与之前形成强烈（又令人开心）的对比，因为我们横跨大西洋时搭的货轮，上面的德国船员个个有着古板拘泥的专业态度。打个比方好了，这艘船上的大副路西安，似乎就没把他负责的安全讲习当成什么重要大事，反而视之为开怀脱口秀表演。真希望我能把路西安的腔调重现纸上啊！请想象这男人说话时，喉咙里塞了半磅（约半斤）的白菜好了。“首先，”路西安开口，“船上禁用毒品，但只要我们没看到你用就没关系（那厚达1英寸的镜片把他的眼睛放得老大，我看到他在镜片后眨了眨眼）。第二，请不要掉进海中，我认为各位活不成。”路西安说到这里轻笑了一声，暗示他倒是很好奇（以一种超然、分析的方式），想看看要是我们真的落海会怎么样。“当然，你可以大声呼救。”他若有所思地说，“但本船每秒行进15米，所以你呼救时，人已经在我们后面了。要是你从船头落海，我们或许能救，但你可能会被吸进推进器，然后被打成一小点寿司出来。”

接着有人带我们很快地逛了整艘船一圈，船比我们之前搭过的货轮大得多（几乎长了100英尺），能够载运更多货柜，也比较脏。之前的德国船员把船维持得整洁漂亮，但“马提斯号”的船员似乎不怎么介意地上有散落的香烟头，甲板上有泥泞，或栏杆掉了漆。此外，德国船员对何时能让乘客上船桥有严格规定，路西安却说，（身为船上唯二乘客的）我们随便什么时候想去“马提斯号”的船桥逛逛都行。

在海上的第一天，我们以为船会驶进开阔的大海，朝奥克兰前进一大段，但完全不是这么回事。不知什么原因（不过我们怀疑，可能是想让我们在船上待久一点，以便收更多钱），事先没人告诉我们，“马提斯号”会先在雪梨和墨尔本停泊，装卸货物，然后才启程前往新西兰。这表示我们当初前往布里斯班那悲惨又睡不着的13小时夜班火车之旅，其实根本没必要。我一定要说，若你回首的是苦涩的来时路，那份颓丧感更是滋味独特。

停泊在雪梨的时候，我们想离开港口去市区待一个下午（以期把上次短暂停留中错过的景点补回来），但这项工作一点都不简单，逃离港口需要先徒步穿越乱七八糟的混凝土块、铁链和废弃码头设备的缝隙。近年来，大城市花上数百万美金替进出机场的旅客打造舒适的体验，没有人会把力气花在搭货柜船的乘客身上。我们从转运站到目的地的过程既没有消毒处理，也见不到什么人，更没经过任何免税商店，甚至在我们离开港口后（出示“马提斯号”提供的过塑船员证，免得因为擅闯货柜场而被捕），四周也没有清楚的标示，告诉人该怎么前往市区，工业荒地的空旷马路上就只有我们。

最后，我们看到远方有个公车站，原来雪梨的市区公车都从这里发车，司机过来上班、加油，然后往不同的路线各奔东西。这里并没有真正的公车站牌，所以在其中一辆公车开出大门时，我们边挥舞手臂边喊。司机迟疑地放慢车速，打开门，弄清楚我们不是想劫车之后，就让我们免费上了车。

在雪梨市区惬意地度过几小时后想再回到船上，也不是件容易的事，计程车司机完全不知道港口在哪里。“就靠近海边的地方啊！”我们如此建议。他迷路了好几次，才误打误撞地走对了路。

之后等“马提斯号”在轰隆声中沿着澳洲沿岸航行并进出墨尔本港之后，我们也已经可以识别几种商业船舰类型了。有载了油或化学药剂的低矮油轮；有船身高、两侧平的滚装船，能让有轮子的车辆从船身的巨门中驶进驶出；还有个人经营的小货轮；甲板上有专属的起吊机；当然还有货柜船，一长排一长排从港口的一端延伸到另一端，等同于飞机在降落跑道上空绕圈那样。其中几艘好像还跟我们走一样的货运路线，因此每次我们抵达一个新码头，他们就都被堵住，只能干等。

我们也能认出几百米外，漆在货柜上的各种货运公司商标。德国赫伯罗特公司是显眼的橘色，汉堡南方公司喜欢深砖红，麦司克公司（Maersk）则用功利主义的全部大写字，sansserif的字形。

同时，我也没办法猜测目前到底看到了多少个货柜，我们这艘船上就有两千个，我们经过的每艘船上都有几千个。每次接近海岸，还会看到码头上成好几排，看不见尽头的数百万个货柜。一旦你习惯了货柜无所不在的事实，就会在百货公司停车场的后方、火车铁轨旁边和任何其他地方发现货柜的踪迹，这些都是全球商业的空壳。

从墨尔本到奥克兰的海路需时3天。船上人员预估不会有好天气。

“准备接受3天的地狱吧！”路西安笑着说，还说要是少了几个货柜他也不会惊讶。

船只每一次剧烈起伏，可能就会使得十几个货柜松脱，扑通一声掉进海里，溅起蘑菇云般的水花。显然，最受欢迎的货轮船长也最懂得看天气状况，定航线行经风平浪静的海域，如此便能预防这种偶发的货柜丢失事件，同时更重要的，也能节省船对抗逆风和巨浪所需的燃料。

我们担心坏天气会让船速减慢，让我们赶不上奥克兰的游轮，但也不希望严重晕船。不过暴风雨一直没来，我们甚至还跟那些罗马尼亚人一起待在船头看鲸鱼。

“这里是船上最平静的地方。”留着胡子的引擎室电气技师安德烈说，“离引擎很远。”他边说边把香烟屁股弹出栏杆。“可以在这里想很多事。”

我们在船头保持警觉终于有了代价：一群二三十只的座头鲸出现在左舷一百多米外，水雾一阵阵规律地从喷水孔喷出，像无声的管风琴。

类似这样转瞬即逝的时刻，就是海上生活的特别待遇。也比方说，当在形容通过这世界上几条大运河的时候，路西安就会变得乐观且诗意起来。

“通过巴拿马运河的水闸时，”他说，“你伸手就会碰到墙壁，也许只隔了1米。但我最喜欢苏伊士运河，当你下船后走上沙漠，然后回头，船看起来就像在沙上漂浮。”

当然，水手也经历过“没那么奇妙”的海上时刻。“马提斯号”几年前在距离新加坡不远处曾遭海盗抢劫，当时船正行经盗匪出没的马六甲海峡，由于引擎出了一些状况，“马提斯号”的速度减半，使得“登船非常容易”，路西安如是说。

海盗会把爪钩丢过栏杆，手脚并用地爬上船，挥舞刀子。他们直冲船长室，逼他打开船的保险箱，把里面的钱和贵重物品抢掠一空后就爬下绳子。

“他们走得很快。”路西安说，“多数船员根本还不知道发生了什么事，因此当船长说我们遇到海盗的时候，大家还以为是开玩笑。”

通常，船员吃饭的时候都很安静，他们在沉默中狼吞虎咽（这可能是某种应付措施，因为“马提斯号”的餐食中有很多难以分辨、硬如橡皮的肉，盛在浓稠的炖菜中）。丽贝卡认定，这是在法国经营的船上厨房中，雇用菲籍厨师（名叫“阿厨”，因为每艘货轮上都有厨师），又要他烹调食物迎合罗马尼亚人所不可避免的后果，结果就会是稀释过了的中西合并杂烩。然而，有一天晚餐时，一个名叫多鲁的工程师在自我介绍后，用标准的英文跟我们聊了起来。多鲁相貌粗犷英俊，会说5种语言，无论何时何地脖子上都挂了个模样昂贵的大相机。就我的观察，他只用来拍摄港口设备，从种种迹象看来，我认为他有40%的概率是个间谍。

我请多鲁说说海上生活所遭遇过的惊险故事，他说起7年前他还在地中海一艘货轮上的情形。当时，他觉得事情不大对劲的第一个指标，是他发觉船上没有可用的无线电。船上唯一的通信办法是到离岸很近之处，让船长打手机。有天晚上，船在意大利某个港口靠了岸，开始装货时，船长忽然神秘地离船了，什么都没交代。第二天早上，船就遭到海关人员抄查。

所有船员都被铐上手铐逮捕，监禁以备质询，似乎大家就在毫不知情的状况下，把4吨未经许可的香烟运上了船。多鲁和其他几位无辜的巴基斯坦水手都被关进意大利南部的监狱，偶尔才戴着手铐脚镣，搭巴士到当地法庭接受审讯，32天后才被释放。

由于在拥挤的澳洲港口进出造成长时间延迟，“马提斯号” 的进度落后。我们对船缓慢的速度一点办法也没有，就算我不断去烦路西安，他也不肯让船速再快一些。

福格在旅行即将超过限定的80天并输掉赌赛之时，选择把船长绑起来，亲自掌舵，并开始焚烧船身架构当做燃料，把炉火加得更旺。我们要照他的办法做很困难（而且这艘船的材质是金属），因此我们只得祈祷能及时赶到奥克兰，搭上渡轮。以目前状况来看，我们会在渡轮准备出发的那一刻抵达。

当奥克兰港映入眼帘，看到那艘巨大的白色游轮还在港口几个锚位外时，我们大大松了一口气，一通过海关，走下“马提斯号”就立即小跑步过去。在渡轮前方梯板的员工说，船再过两小时就要开了。

幸运的是，港口很靠近市中心，但不幸的是，我们在新西兰的整段经验就是穿梭在奥克兰整洁如洗的街道上，寻找服饰店好让我们买几件衣服，能在渡轮预订的几场正式晚宴上穿。回到码头的时候，搬运工简直不敢相信我们真的只带背包和几只购物袋就要登船，他们彬彬有礼地问我们其余的行李什么时候会到。我们身边全是滚动的手推车，在精致、庞大的12件头真皮行李箱组的重量下发出呻吟。

我们的舱房位于其中一层中甲板，从中可看出这趟渡轮行为何如此昂贵，我们买的已经是最便宜的票了，但这间舱房还是比我这辈子住过的任何地方都好。一张加大型床垫，大约是40本电话簿堆叠起来那么厚；一个可让人入内的大衣橱，即使我们把没多少的几件衣服都挂了上去，看起来还是空荡荡的；一台附DVD播放器和卫星频道的大电视。最刺激的是，我们的阳台还有滑动式玻璃门，现在正好可以就近看停泊在隔壁锚位的船只，但我们期待看到南太平洋的辽阔景观，感受海洋的气息和咸咸的空气——是要穿着船上提供、毛圈织布的厚浴袍享受的哦。另有一个可爱的特色，我们的小餐桌上，正放着一长串免费虾拼盘里的第一道。

我们参与的是该船大亚太之旅的最终航段，即从美国西岸上行到阿拉斯加，经过白令海峡到俄罗斯，然后往下走亚洲东岸，中途停靠几个景点。全程参与整段漫长旅途的乘客，是所谓的“大亚太人”，每人须付约7万美金的费用（如果要住进船上2000平方英尺的豪华套房，就得付更多钱）。丽贝卡和我勉强能够支付这段游轮行的唯一原因，是此最终航段能够“重新订位”。游轮中途只停几站，主要任务就是回到洛杉矶，好展开新的一趟循环航程。

在《一件看似好笑但我决不再做的事》中——这大概是史上最好笑的英文论说文了——已过世的大卫·弗斯特·瓦勒斯（David Foster Wallace）写到他在航行加勒比海的一艘巨大白游轮上度过的一周。虽然他吃了所有能吃的食物，吸收了所有能吸收的阳光，但瓦勒斯仍感到一阵阵的绝望。部分原因是与他同船的低俗乘客，但他也沮丧地发现，无论在船上的生活有多纵情恣意，他体内贪得无厌的小婴儿仍不满足，不断要求更大程度的豪奢与舒适。

我也搭过加勒比海的那种拥挤游轮，同样超讨厌那种经验，导致后来我看到自助餐台前的队伍就心生厌恶，排队的多是爱晒太阳却晒不均匀的肥胖中美洲人，自助餐虽然丰盛，却很无趣。我的房间很小，有扇缩小版的舷窗，几乎没办法透过窗口看到海洋。船上的赌场无论日夜都爆满，而且一连在几个如坎昆岛（Cancun）和科兹美岛（Cozumel）那种令人透不过气来的观光地点靠港。

不过，在丽晶七海邮轮（全球顶级豪华邮轮公司）上待了几天之后，我忽然想到当初自己或许是搭错了船。因为一旦走进游轮工业的丝绒绳后方（以此例来说，就是只有少数人才负担得起的高额票价），生活就大不相同。丽晶在高级豪华游轮公司中排名前列，游轮上只载700名乘客，而不是让4000名乘客全挤在这艘备有滑水道的庞大游轮上。这艘游轮上有许多有教养的退休人士，这些人几乎都比我聪明、比我健壮，而且大多都穿着迷人、低调的服装。

我登记参加船上的瑜伽课程，其他同学都是五十几岁、肌肉发达的女性，一副拥有好几个全国公共广播电台（NPR）手提包的模样。我参加了几场有关中东历史的精彩演说，讲者是《华盛顿邮报》贝鲁特分部的退休老板。我也从没错过下午茶，在船尾的观景台，装在精致的瓷杯里，还有现场爵士乐团的轻声演奏当背景音乐。丽贝卡和我甚至跟一对来自比佛利山庄，已退休的迷人夫妻做伴，在船上的法式美食餐厅边吃晚餐，边谈艺术和政治。

当然啦，游轮上也不是所有乘客都是文雅且精通世故的，我们就在船上不小心听到一段对话，绕着下列话题打转：

（1）选择性手术。

（2）非选择性手术。

（3）桥牌。船上有持续且似乎无限期的桥牌比赛，而且除了我们以外的每位乘客都有参加。每天早上的桥牌结果出来后，船上每一个公共场合都会仔细分析上好几小时。发表这类讨论的人，所用的语调多半介于欲盖弥彰的羡慕与公开表达的嫌恶之间。比如说："夏皮洛（Shapiro）家族今天又赢了。"

午茶时，两位女士坐在我们附近，脸色阴沉的女人这么对她同样脸色阴沉的朋友说。

"真可惜。"朋友回答，"因为他们都不是好人。"

（4）某些其他乘客对待船员的态度有多糟糕。这一项毫无疑问是所有人最喜欢的话题。目睹另一位乘客对船员有些粗鲁的言行之后，大家会立刻告诉朋友，然后朋友又转告朋友，几乎毫不掩饰喜悦的笑容。他们都同意，最棒的人（也就是他们自己）一定会用最和善、最温暖的态度对待船员，我的同船乘客显然对这类交谈深以为乐，他们沉溺在这样的交谈气氛中，几乎让我觉得就算特地安排一场戏，戏里有酒保或女侍，然后我故意扮演那个坏家伙也是值得的，如此一来，我不仅提供了话题，还能让船上人口的整体满意度大幅提升。

而有些乘客对实行船上的独有性更是非常坚持，因为有天晚上在地平线厅内，一位混账家伙的怨辞飘进我们耳中。

他说："每次游轮有重新订位的优惠，就有一堆贱民上船。"更让他火冒三丈的是注意到有人穿着不太符合服装规定的衣服进餐厅——他说的那人可能是我。

这些服装规定其实都是挑战，"非正式之夜"代表要穿西装，打领带，"乡村俱乐部悠闲风"似乎也表示穿西装，打领带，只不过领带的花色可以更大胆些。至于"正式"的夜晚，丽贝卡和我都躲在舱房里不出来。

就算在一切都顺利的白天，我们也觉得格格不入，别人的衣服都像是刚从高级百货公司买来的，我们的衣服上却有污渍和破掉的扣子，而且看起来跟塞在背包里环游世界一周之后的衣服没什么两样。

## 有派头的船长

在极度机缘巧合的运气下（不然也可能是因为我登记舱房时，曾说起自己是记者），丽贝卡和我受邀到“罗盘玫瑰”餐厅跟船长一起用餐。这是游轮最稀有的特权，也是船上所有人都垂涎的，为了对这件事表示尊重，我烫了仅有的好衬衫，穿上在奥克兰急着寻找成人服饰时买的不合身棉质上衣。

船长艾佛列多·罗密欧（说真的，就算是编的假名都没这名字好）欢迎我们来到餐桌旁，在丽贝卡的酒杯里倒了酒，然后说起他的航海生涯始于货轮，几年后，他转去客轮服务。不难看出他为什么要换工作，以目前的职位来看，他分明是摇滚明星和君主的混合体。

罗密欧船长很喜欢工作附带的精致享受（比方说，明天船在南太平洋的一个小岛附近下锚后，他就要休一个下午的假，跟长住船上的自由主义者——一位体态轻盈、容貌美丽，之前曾在库斯托协会工作的金发女郎去潜水）。他每餐都上美食餐厅，手下船员都得乖乖听话，而且在他纡尊降贵地走进乘客当中时，所有人都对他微笑。

尤其是女士们，在船长出现时都脸上发光。我该提一下，当罗密欧船长一身白衣，肩章，头戴船长帽时，的确是英气逼人。他的皮肤晒成棕色，胸肌鼓起，理个小平头，发色深灰。更不用说他还有工作3周、休假3周的排班，而且不必指挥船只时就住意大利的别墅。如果丽贝卡因他弃我而去，我大概也只有摸摸鼻子接受，从此一个人生活的份儿了。

不过，凡事有好必有坏，要是航程中任何事出了差错，责任全落在罗密欧船长身上，而可能出差错的事情多得很，比方说，年老的乘客经常会生病。如果你搭过游轮，可能不止一次在船上的广播中听到“橘色警戒”一词，该词表示健康状况，如胆固醇过高的老人在餐厅晕倒，面颊和领口上的几道大蒜蕃茄酱汁还在往下滴。出现这种紧急情况的时候，船长必须立刻决定是否让船改道，去最近的适当医疗场所（并因此破坏了其他699位乘客的昂贵假期），还是交由船上医务人员负责治疗（也因此冒着发生惨剧或惹上诉讼风波的风险）。

当然啦，对任何船长而言，令人凉到耳根、挥之不去的恐惧就是船长可能会导致沉船。在七海游轮离开奥克兰港前不到一个月，一艘名叫“探险号”的游轮在南极海岸航行时撞上冰山，船身裂开。凌晨3点，该船船长发布弃船令，乘客在无遮蔽的救生艇上簌簌发抖，受了5个小时的折磨，说着令人紧张的泰坦尼克号笑话，才被一艘挪威游轮救起。罗密欧船长看到报道这件事的新闻，说该船所有人都平安真是个小奇迹，要是暴风雨把救生艇翻覆进冰冷的南极海中，结果可能更不乐观。

但罗密欧船长本身最大的梦魇似乎跟淘气的货柜有关（就是路西安警告过的那种），这些货柜可能在暴风雨时飞出货轮，漂流海上。

“货柜就刚好浮在水面下你看不到的地方。”船长说，“雷达上也不会显示。”他拿着尖端还叉了块牛排的叉子，在空中令人心惊地比划着。我相信这块（被他切成了方块的）牛排是用来代表看不见的货柜，隐藏在我们前方某处，等着在我们的船身上撞个大洞。

七海游轮在之前环游大西洋，横越白令海峡时，曾遭遇恶劣的暴风雨。储藏室里的存粮东倒西歪，几托盘的蛋被打成黄色蛋浆，蕃茄酱罐头爆炸成血花四溅的图案，上述种种都可能使得船上餐厅出状况——要是乘客都没晕船到吃不下东西的话。

就算在风平浪静的时候，当游轮的船长也有麻烦的地方，半数时间里，你比较像饭店主管而不像水手，而且跟水上生活的简单喜悦完全脱节。

跟船长用餐后的隔天，我跟船上一位导航见习生闲聊。他是英国人，17岁，名叫理查，在七海游轮上是他航海学校的见习功课。他之前的见习是被分配到在货轮上服务，虽然该货轮的“酒醉俄罗斯厨师”每餐饭都煮同一道难喝的汤，虽然理查有位船友在甲板上工作时，被高高打上船头的浪压到腿而断了根骨头，理查却说，相较起来，他更喜欢货轮上的生活，比较不喜欢待在这艘游轮上。在他看来，游轮跟真正的航海几乎毫无关系，给他多少钱他都不愿做罗密欧船长的工作。

“要被太多人烦了。”他说，“我想当货轮船长，要做的事越少越好，只要在猴岛上晒太阳。”猴岛就是船桥的屋顶，就在货船尖端。“或者看本书，不然就是看天空。”

我同意理查的话。

在船上那间有几张真皮扶手沙发的小图书馆里，有本书叫《过海的唯一方法》，作者约翰·马克斯顿葛莱（John Maxtone－Graham）在书中形容了越洋大轮船的辉煌时期。现在可能难以想象，但在1920年，每隔20分钟就有一艘远洋汽船驶离纽约港。有些是平价的运输工具，从欧洲返回时船上满载着新移民，有些是典雅的水上社交接待室，上面有大大的罗马浴池和帝王风格的舞厅。

第二次世界大战后，船公司竞相建造更庞大、马力更强的客轮，这场竞争在1952年的夏天达到最高点，庞大的“美国号”创下新的跨大西洋最快纪录，东行了3天10小时40分钟，速度平均约每小时41英里。

“美国号”大大成功，然而到了1969年，它却停驶了，让它停驶的就是飞机。

一切从齐柏林飞船开始，1928年，齐柏林飞船成为横跨大西洋的第一架商务载客飞船。该船虽然预示着长途旅行的革命，对远洋轮船工业却没带来迫切威胁。因为它从德国到纽泽西州，飞了111个小时，比“美国号”从纽约到英国还整整多了一天，而且飞船上除了43名工作人员外，只能载20名旅客。

到了1930年，改良后的飞机设计如道格拉斯DC－3运输机，让空中旅游更便宜、更迅速。但到了1939年，仍然只有2%

的美国商务旅客搭飞机旅游，而且跨大西洋飞行仍须颠簸的漫漫12小时。

改变这一切的是波音707飞机，波音707把跨大西洋的时间缩减为六七个小时，比起要待在拥挤、晃动的机舱中，但更为快速的时间更能让乘客接受。波音707于1958年问世，同年，也是头一次搭飞机跨大西洋的旅客比搭船的多。到了1960年，飞机占了跨大西洋旅客业务的70%，到了1970年已变成96%。

这些年来，已经没有一艘全年跨大西洋的船运载客服务了。“玛丽皇后二号”在每年春、夏、秋的多数时候，虽仍提供从纽约到南开普敦的实际航程（不过需要5天半，跟“美国号”相比悠闲多了），但每年的11月，冠达海运公司（Cunard）都会把船送往南方，在加勒比海海域上经营几段观光短途游。“玛丽皇后二号”不得不兼营庸俗的游轮，才能勉强维持生意。

《过海的唯一方法》的最后一章哀悼起华丽老轮船的悲惨命运，原始的“玛丽皇后号”变成加州长滩上的一间水上博物馆，在那之前的最后一次航程是从纽约出发，绕过合恩角（因为船身太宽，没办法通过巴拿马运河）前往西海岸。

“该船行经了完全不符合本身设计的热带纬度。”马克斯顿葛莱如此写。他又补充说，这段终航中“船上爆发丑闻——把一位皮肤黝黑的拉丁美洲美女放在里约海岸，让她被卖淫的震惊低语包围”。让人感受到他真的替“玛丽皇后号”觉得难堪。

“伊丽莎白皇后号”的命运更悲惨，它在劳德代尔堡（For Lauderdale）停泊了几年都无人问津，后来被一位百万富翁买下，改了名字，结果却毁于香港港口的一场火灾。它的后继者“伊丽莎白皇后二号”则备受抨击，最后成为杜拜沿岸的一家水上饭店。

罗密欧船长在跟我们共进晚餐时，回忆他曾在20世纪70年代早期，在最后一艘仍有营运的长途客轮上工作。该船主要载运意大利工人阶级的移民到澳洲展开新生活。意大利家庭把所有能带的东西都带了，包括存放在储货区的几件家具。船驶离码头时，有人弹奏音乐，有人展开长幡，船上的人泪水滚落面颊，挥手向被他们抛下的人说再见。这景象现在在码头上已经看不到了，现今那些比较穷的移民都在机场登机口向家人告别，搭乘喷气客机的经济舱，随身只带飞机严格规定准许的少量行李。

南太平洋辽阔又沉闷，新西兰和洛杉矶之间没多少陆地，我们搭船已经航行了6500英里，远比跨西伯利亚大铁路的距离还长，但大多数时候，我们都只是在一无所有的空旷海上默默前行。

我们唯一真正的海岸时光是在法属玻利尼西亚；我们在波拉波拉岛（Bora Bora）和大溪地停过，也在一个名叫莫利亚（Moorea）的小岛海湾中下了锚。莫利亚岛有翡翠色的山丘和蓝绿色的海水，美得令人心痛。我建议除非你有心亲自造访，否则绝对不要看照片，因为那景象只会让你渴望到极点。我也要补充一点，法属玻利尼西亚的多数观光客都是法国人（毫不令人惊讶），这表示餐厅里的食物更美味，精品店里的服饰更有流行感，海滩上的泳衣也更小件。

过了玻利尼西亚，我们遇到的唯一地理景点就是赤道了。泳池甲板上举办了一场傻气的仪式，庆祝我们横跨赤道，船头一驶进北半球，每位乘客的舱房都收到一张印有凸体字的证书当纪念（由于船上没有刺青店，我们无法以传统水手的纪念方式留念）。

我们也通过了国际换日线，这条线就让人伤脑筋了，根据船上的日历，我们在12月12日起床，过了一整天，晚上去睡觉，隔天起床又是12月12日，真叫我不知所措。

这条线也让麦哲伦水手不知如何是好，他们西向环游世界时，每天都有详细的旅程记录，但他们回到欧洲，却发现当地的日期比记录还晚一天，简直困惑极了。换日线也让福格昏了头，在《环游世界八十天》中，福格回到伦敦时，认定自己输了这场打赌，但因为他向西环绕地球，事实上他回来的日期还早了一天。

我无论想多久，都无法解开这条换日线的矛盾。我很好奇，要是我把同一天过了两次，会不会比待在家里没出门的那个孪生弟弟老了一天呢？弄清楚这件事的关键，就是记住每次丽贝卡和我往东移动并跨过一个时区时，我们都把表上的时间往前调，也就是损失一小时（我们迅速在地面移动时，还会觉得有些微的火车和船时差哩）。现在那失去的24小时都回来了，而且还是一次完成。

船只不得不把自己包装成多点浪漫、少点便利的旅游选项。最后，所有功能性的伪装都卸下了，游轮于是诞生，大多数登船的人都是买来回票，在同一个地点上下船。船本身或许看起来像老式的客轮，把人载往他们要去的地方，但游轮其实并非交通工具，而是一种杀时间的办法。

这是个无云、冷冽的12月天，我们在轧轧声中驶进长滩，进入港口时，躺在浮筒上休息的海狮对我们鸣叫。船一进入有信号范围的地方，大家就纷纷打开手机，开始打电话。

“朋友，游轮忧郁症结束啰！”一个男人对他朋友说，两人坐在顶层甲板的户外酒吧，正在享受最后两杯免费的利口酒。

船一靠码头，就出现一条等着下船的人龙，队伍平静有秩序，但前进得很慢。

我们身后那个坐轮椅，显然老态龙钟的女人口出怨言了：“这么乱，我这辈子还没见过呢。”她说，那语气就像在马克斯兄弟电影里的玛格丽特·杜蒙。

终于，我们踏上了陆地，我看到麦克斯在前面，跟乐团的其他人在一起，手臂高举做胜利状。

“自由！”他回身对我们喊。

我们招了辆计程车，把背包扔进车后行李箱。

## 船上无比便利的生活

离开马克萨斯群岛（Marquesas Islands）中的努库希瓦岛（Nuku Hiva）之后，下一站就是美洲，但在抵达美洲之前，还要在看不见陆地的大海上待整整6天，绝望就在这时渐渐渗透。

在这艘船上，我过着完全不自然的生活，所有食物都免费，包含24小时的客房服务在内，我随时想点菲力牛排或其他喜欢的美食都行，食物还会直接送到房间。

所有利口酒也都免费，我拿起电话，请服务员送一杯苏格兰威士忌到房间，然后……叮咚！门铃响了，我的苏格兰威士忌已经送到。后来，我的酒精接受度越来越高。丽贝卡和我通常在晚餐前去船上的酒吧喝一杯，点一瓶酒配四道菜的一餐饭。饭后去另一间酒吧，晚上再踩着虚浮的脚步回到船房。为了让这个模式更特别，我倾向于每天晚上随机选一款主题调酒来喝：星期三喝白俄罗斯，星期四喝香槟鸡尾酒，星期五喝干邑白兰地。

船上的设施很了不起，全套健身房就在我船房下方不到400英尺，里面有随叫随到的个人健身师，电脑室有卫星网络，全天都有益智问答和体育比赛，戏院更是每晚播放专业娱乐节目。

然而我什么都不要，只想离开这艘船，就算这段航程不要钱，我都不想搭七海游轮回洛杉矶。读者诸君难以理解，假设你是在一个不会有人一天两次把免费鲜虾拼盘和香槟送到门口的地方，我可以保证，你对舒适渐渐觉得厌憎是可能的。

就某种程度来说，我是被船上令人心冷的人性打消兴头的，让一群人（若是聪明、富裕又有成就的人就更是如此）聚在一个封闭的空间，一起度过整整两周，这群人无可避免地会组成小团体，培养敌人，还会以激起冲突的方式找乐子（通常拿夫妻档的牌戏当掩护），这种情形不堪入目，我也看够了。

此外，大卫·弗斯特·瓦勒斯也明确写过一种令人灰心的发现，不论拥有多好的事物，我们永远渴求下一个好事物，甚至在除掉所有不适，生活已臻“完美”的时候，不够完美的情绪仍坚持出现在我们顽固的脑中，并因此带出你到底要怎样才会“高兴”的疑问。请试着在南太平洋岛屿的港口中，喝下第七杯免费古巴国民调酒莫吉托（Mojito）的时候，想想这个问题，或许你就会明白我的感受了。

搭游轮的最后一晚，船上兴起一种类似高中结业的慵懒氛围，尽管之前我并不以为会发生这种事，大家却都加快了暴饮暴食的速度，以一种全新、前所未见的速度和容量大吃大喝，知道明天过后大家不会再见的事实让人勇气百倍，我们也忽然对社交热衷起来。

午夜时分，丽贝卡和我在迪斯科俱乐部的酒吧喝迈泰鸡尾酒，一面跟船上爵士乐团的超酷鼓手麦克斯聊天。麦克斯穿了一件夏威夷衫，戴了副时髦的眼镜，已经比我们多喝了12~14

杯酒，但我们也奋起直追。

麦克斯说，他在海上当鼓手，是因为看中这份固定薪水，不必每周都辛苦地找婚礼宴会和夜总会演出。我们问他船上有没有什么刺激的内幕消息，他听话地说起游轮工作人员（他们睡在船身深处的上下铺，有宵禁，而且只能在工作人员餐厅用餐）和娱乐工作者（他们虽然也在船上领薪水，过的却是跟乘客一样的好日子）之间永无休止的仇恨。他也指了指在舞池中摇摆的两位年长女士，说她们曾经向另一位乐手提议，要给他赞安诺锭和一段三人性爱游戏。

## 一年到头搭游轮的同志恋人

我看到房间另一头有两个人，他们是船上唯一比我和丽贝卡年轻的，我对他们一直很好奇，常看到他们在酒吧、餐厅和晚间节目中出现。这两人20岁出头，很明显是同志，更明显的是非常有钱。瘦的那个很英俊，有一双电眼，身上的裤子紧得可能会得到医生警告。胖的那个穿了双平底鞋，鞋子所用的软真皮就算从30英尺外，都能让人嗅出寄宿学校、乡村俱乐部与用之不竭的委托金的刺鼻气味。

“那两个人是什么来头？”我问麦克斯。

“哦，那两个啊。”他说，“他们是一对。我听过谣言，胖的那个是一大笔财富的继承人，一年到头都跟他男友搭游轮。他们从来不工作，也从没在正常世界中过过日子。来，我们去打招呼。”

麦克斯带头走过去，对这两人介绍我们。

“听说你们很喜欢搭游轮。”我说，呼出的气息里带着4夸脱（约5升）的兰姆酒味，“我很好奇，你们是喜欢游轮的哪一点呢？”

“噢，我们就只是喜欢啦。”瘦的那个说。

“很轻松啊！”胖的那个说。

说完后，他们发出一种无声、几乎察觉不出却绝对不会让人弄错的信号，告诉你对话已经结束。我们又跟着麦克斯回到酒吧。

“跟他们说话真的很困难，”麦克斯有些抱歉地说，“他们把不富有的人当成另类，他们对我们也好奇，却不了解我们，最后更懒得跟我们相处。”

撇下社交隔阂不谈，竟然有人选择把人生花在搭游轮上，实在让我大感吃惊，我说的不只是那两个年轻家伙，还包括船上那些一年搭五六次游轮的退休夫妻。他们穿的运动衫和风衣上面印着之前搭过的其他游轮名称，还公开自称是“重瘾寻欢客”（这个惯用语容易引起负面联想，我避之唯恐不及），说在海上搭这种上下起伏的多层结婚蛋糕旅游是最快乐的事。

## 搭游轮是一种杀时间的办法

若要我过重瘾寻欢客的生活，我大概很快就会想自杀。几天前，一个无月的夜里，我坐在露台上，竟然有点跃跃欲试（是抽象的说法啦），想跳过栏杆，让漆黑如墨的太平洋把我裹住，很奇怪，但海洋似乎总会在人精神空虚的时候召唤你，大海提供你逃进某个庞大得无法想象的东西里，让你觉得相较之下自己的困扰渺小又微不足道。

“我懂你的意思。”我把这段游轮之暗夜思潮告诉麦克斯时，他这么说，“搭游轮会使人麻痹，渐渐让人变得怪里怪气的。”

“这是一种让人缓慢、舒服死亡的方法。”丽贝卡也开口，还举杯朝房间里那些满头白发、一脸皱纹的人挥了挥，强调她的论点。

她说得对，船上那些老人很明显已渐渐走入黄昏期，在游轮上养尊处优多过一天，就朝终点跨出不痛不痒的一步。

现在诸位开始明白，游轮为什么让我备感困扰了，游轮基本上就是个谎言，是个字谜游戏。

飞机窃取客轮的存在理由时，船只必须重新包装，远洋船公司忙着找答案。傲称拥有“玛丽皇后号”和“伊丽莎白皇后号”的冠达海运公司，把标语改成“抵达目的地，你只玩了一半”，同时也拐弯抹角地承认，你抵达目的地的过程或许玩得很开心，但却花了比搭飞机还长20倍的时间。

10

第十章

# 回到美国

## 搭火车从洛杉矶到芝加哥

在我们环游世界的途中，一直比寒冷早了一步，我们在秋天降临北京之前就往南走，又在南半球的夏天开始时跨越赤道，近日来又一直在气温全年如一的热带岛屿链上徘徊。总的来说，这场实地教育让我们学到地球的弯曲和方位可以大幅影响区域气温，更重要的是，好几个月来我都不需要穿长袖。

现在这趟旅程切回正轨，转而向北，我们被丢进了12月末寒冷的洛杉矶，冬天赶上了我们（或者说是我们赶上了冬天）。当然啦，这是温和的南加州冬天，但空气中的寒意仍是衣衫单薄的我们无法抵御的。我们上岸后的第一个任务，就是去日落大道的剩余军备商品店买牛仔裤和厚运动衣。

几天前还在船上的时候，我们发电子邮件给住在洛杉矶的一个朋友，询问能否在他家过夜，没想到这时他正好要出城，却非常体贴地把钥匙留在他那间银湖公寓前门的一个花盆里。房子位于山腰高处，有宽大的木头阳台，从这里可以眺望市区的高楼轮廓。丽贝卡和我在傍晚最后一线夕阳消失前抵达，傍晚来临时，我们看着闪烁的城市灯火，想着可能会在这里发生的探险。我们可以住上一星期，到市区逛逛，或是租辆车沿着太平洋岸一路往上开，再过几天不问世事的日子。

但我们不会这么做，这趟旅行已经很有终结感了，我们回到了美国，不再有多少神秘或挑战。此外，我们都累了，自从出发以来，这是我头一次想到移动就觉得疲累不堪。我现在幻想着沙发、有线电视、外送的泰国菜和一整个月的无所事事，我只想让脚趾踩在华盛顿特区的地上，然后（终于等到这一天了）放慢步伐，最后怀着胜利感停止。

第二天，我们走上日落大道，搭市区公车前往洛杉矶美丽的联合车站，这座车站建于1939年，正是火车即将落伍被汽车取代的时候，也因此成为最后一个古典旧式车站。

今天是平安夜，我们在布里斯班的酒吧庆祝了感恩节，很快又会在没有朋友、家人的陪伴下，再次度过一个节日，这也是奔波生活的缺点。联合车站的中央大厅有几位等车的乘客，头上戴了喜气洋洋的红色圣诞老人帽，抱着包装好的礼物。

美国人曾经梦想过走水路横越美国，利用河流和湖泊从一岸到另一岸，当时路易斯与克拉克还没让大家体认到洛矶山脉的存在，操纵蒸汽发动的轮船上溯山间溪流或通过大峡谷的急湍可不是容易的事。

第二个计划就是利用横越美国的火车，这点就很成功。火车在1869年犹他州的普罗蒙特里，驶过了横贯大陆铁路的最后一个山头，这项成就立刻透过电报传遍全国，美国人欢欣鼓舞。现代奇事一桩！以前，让人或补给品横越美国要花上几个月，现在仅仅需要4天。

然而140年后，这段路依旧要花4天（嗯，该说是3夜外加第四天的大半），以现代美国铁路旅游来说，这算是常态。现在很多路线其实都比五六十年前的卓越环游世界路线还慢：以前搭火车从纽约到蒙特瑞需要9小时，现在却需要近12小时；从芝加哥到明尼阿波里斯以前不到5小时就能到，现在却要超过8小时。

美国铁路慢成这样真的很荒谬，日本可以让时速100英里的子弹列车行经人口密集的城市走廊，然而就算在人烟稀少、遍地灌木丛的新墨西哥州，我们的美国国铁火车头都达不到那个速度。

说来不好意思，我们的火车也不在铺设良好的客运铁轨上开。从洛杉矶到芝加哥，我们会行驶在货运火车公司柏灵顿北方公司（Burlington Northern）和圣塔费铁路公司（Santa Railway）所建的铁路上，这是美国国铁速度这么慢的原因之一：专为货运设计的铁轨没有高速旅游所需的铁路连接网、平交道和号志。

美国国铁为什么没有自己的铁路呢？怪汽车吧！第一次横越全国的汽车旅行发生在1903年，到了1930年美国超过半数的家庭都有了汽车，大家超爱这东西。

19世纪中叶，我们选择投资建设跨州高速公路系统，而非有效率的铁路网，即使到现在，政府倡议在高速铁路前线多下点工夫，但这个消息只让多数地方兴趣缺失地打哈欠。

要是美国国铁有豪华车厢或廉价车票，那它的龟速就有话讲，但却两者皆无，我们在这趟3夜旅程中的“小房间”，价格等于我们在华盛顿特区公寓的一个月房租，房间的大小就像两间相连的电话亭。白天，我们的座位面对面、膝盖碰膝盖；晚上，车上服务员就把椅子拉长成两张狭窄的上下铺。

## 美国国铁上诡异的母子

车上只有几节餐车，却有一大堆饥饿的人，每次我们去餐车吃饭，都得跟陌生人同桌。目前为止，已经跟我们同桌共餐过的人，包括一位有礼貌的日本观光客，一位害羞的学者和一位极右派的退休妇人，我们想尽办法把每次的交谈导向安全地带，也就是火车旅游的奇妙。我们得知学者搭火车是因为她怕飞行；退休妇人是濒临妄想症的铁路狂，“一有机会我就搭国铁。”她说，“因为搭起来实在太舒畅啦！”而那个日本观光客似乎以为美国火车就跟日本的一样快又舒适。我们懒得纠正他，反正过不了多久他就会发现悲惨的真相。

第二天吃晚餐时，餐车领班让我们跟一个年轻人和一个老妇同桌，他们似乎是一对母子，而且都已经喝醉了。

他猛灌啤酒，而她啜着一杯兰姆酒加百事可乐，我们的沙拉送上来时，她从皮包里拿出一个小塑胶瓶，把一颗药丸倒在手心，然后用牙齿咬下药丸的三分之一。

“烦宁。”她对我们说，即使我们根本没问，“我就喜欢一天嚼这么一点。”

“看吧！就是这样我才找不到女朋友。”那个儿子说，不知道他接的是哪个话头。

“就算我找到了，”他大笑，“她也会想自杀。”他一直笑着，所以我们想这应该是开玩笑，勉强呵呵了两下作陪。

“噢，亲爱的，我觉得她不是想自杀啦。”妈妈安慰地说，又喝了一大口酒，咬起冰块。

“对。”儿子说，一脸的严肃，“她是真的要自杀。”

一段长又尴尬的沉默。

“对了，”丽贝卡轻快地说，“你们要去哪里呀？”

他们第二天早晨下车后，“可怕的是，他们竟然共用一个小房间。”我们听到两个车上服务员在走廊窃窃私语。

“你有没有看到刚下车的那对母子？”一个问另一个。

“嗯。”第二个服务员回答，“她可把他给害惨啦！”

撇开拥挤的生活空间、缓慢的速度和诡异的旅伴不谈，这趟火车还是挺美好的，窗外是不断变换的美国风景，叫人目不暇接。你在阳光照上脸的早上醒来，揉了揉眼睛抬头望去，发现自己置身在亚利桑那州未受破坏的沙漠中央，铁轨蜿蜒在远离高速公路的地方，这片土地完全没有人迹，感觉像是在精心维护下的仿真自然栖息地的主题乐园之旅。

想摆脱那狭隘的小房间时，我们会把大半清醒的时间花在观景车厢中，那里就像一座移动温室，墙壁是窗户，天花板有宽大的天窗。如果说我在这段旅程中发现了什么，那就是在乘船或搭火车的漫长、安静旅途上，最适合沉思冥想。

哗啦哗啦的船头浪和咔嗒咔嗒的铁轨声，似乎是专门诱使人脑进入神游境界的，那一望无际、逐渐在眼前开展的地平线景观，似乎能让人的思绪无拘无束、随心所欲地漫游。想想华德·迪士尼就是在搭乘从纽约到洛杉矶的火车上，变出活灵活现的米老鼠的，再想想要是他一直在看波音747飞机上的电影，是否还能凝聚出同样的专注力？

火车经过了一个又一个沙尘满布的西部城镇，圣博纳迪诺（San Bernardino）、巴斯特（Barstow）、旗杆市（Flastaff）跟盖洛普（Gallup），在阿布奎基（Albuquerque）火车停了一小时保养。我们下了车，在镇上稀薄的空气和更稀薄的阳光中散步。

今天是圣诞节，商店都关门，马路上空无一人，所有人都回去跟家人团聚了，只有几个美国土著老妇仍坐在火车月台上的折叠桌后方瑟瑟发抖，贩卖手工首饰。

我们在隆隆声中度过黑夜，第二天早上又穿越结了冰的密西西比河，城镇密集多了，我们看到庭院、装卸码头和停车场，驶进芝加哥近郊的死胡同，然后进了市区。火车在这里有几小时的转车时间，我们得以在罗普餐厅跟一个老朋友共进晚餐，然后回到车站，登上另一列火车，展开旅程中的最后一段路。

## 陆路交通能让你身体力行体验新世界

我做了个思考实验，想象我现在搭计程车去欧海尔机场（O’ Hare），跳上飞往华盛顿特区的班机会是什么情景？跟火车比起来，飞机能替我们省下12小时的时间，但我知道飞机有多么令人心烦、令人失去活力，我可以感觉到肺部吸进干燥、循环的空气，双腿挤在小小的座位上，我的心来不及适应从甲城到乙城的骤然转变，粗糙的交通工具和冷酷实际的飞机旅游。

这是我回到真实生活的最后一步，而我正死命攀住这趟夜班列车行中的怪象，我已经对车轮那有抚慰作用、稳定的咔嗒声上了瘾。车厢像是移动减压舱，同时也是缓冲器，在我即将远离、富有异国风情的旋风旅行即将到来、一成不变的工作责任当中作缓冲。

50年前，要度假的美国观光客可能会搭船去欧洲，再往前50年，搭马车也不是奇事。对任何生长在20世纪前半叶、看着汽车和飞机转变成日常生活中的便利工具的人而言，一定会觉得人类在交通领域上的进展才刚起步。

但大约在20世纪60年代中期，这个进展却停止了，在那个时期，飞行达到黄金年代，从此之后飞行并未真正进步多少。除了令人瞩目、现已废止的协和式飞机之外，喷气机的速度也没再加快。同时，由于航空公司在飞机上硬塞入更多座位、减少设施，飞行变得更不舒适了。

无论飞翔在云端曾有多少浪漫情怀，现在已不复见。这些年来，搭飞机的体验越来越无趣难受，然而，也不难想见为何依旧有人持续搭乘。飞机等于便利，能让我们更快抵达目的地，而且是快上好几倍。

我不想驳斥别人搭飞机的决定，同时我也觉得，认同有进步就会有所损失，很公平。没错，我们是得到了便利，但同时也丧失了某些极为美妙的东西，例如，横跨大西洋时繁星满布的夜空，隆隆驶过西伯利亚的老式俄罗斯火车那份荒寂的美。而且没有回头路，有了在6小时内跨越大海或陆洲的能力之后，社会就期待你这么做，两周的夏日假期已纳入了你会飞去意大利度蜜月的假设，而不是花一个星期坐船过去，逛一个小时，再花一个星期漂洋过海回来。

于是，现在大家想到旅行就只想到目的地，很少思考到真正的旅行过程，问题不只在于我们丧失了体验搭火车、船只或骑自行车的快乐，或其他各种可以理解其速度的陆路交通工具，也使我们对目的地的体验变得黯淡了，我们忘记了陆路交通的益处：它逼你身体力行地去了解你所跨越的距离，缓缓让你融入一个不仅存在于身体之外，也深植你脑海中的崭新境界（同时也能消除旅行疾病，丽贝卡和我在各种区域病毒群之间缓慢而稳定地移动时，一次也没生病）。

从一个机场到另一个机场的瞬间移动，并不会跟经历陆路旅行时，让人在过渡中得到相同的精神饱足感。若你度假7天前后都搭飞机，我还会质疑你的灵魂——你最重要的存在——从未真正离开家。你是有了体验没错，你的飞机抵达基多，但你的心灵仍困在波士顿，那突如其来、规模庞大的环境转变让你的中央处理器失灵，你知道自己身在厄瓜多尔，但感觉却像在看一部描述厄瓜多尔的逼真电视纪录片。最后，等你开始觉得身心合一了，双腿也稳稳插进异乡的土地（不再是那个轻飘飘地被丢上外星飞机的空壳），却已经是瞬间移动回到舒适熟悉家乡的时候。

我承认对于多数人来说，搭远洋轮船去南美洲过暑假已是不可行之事，但那不表示这么做不会得到更好、更丰富的体验，因此我的建议如下：下次你想去旅行时，我是指真正的旅行，而不只是度个假而已，请考虑在不搭飞机的前提下，前往你要去的地方吧！

我保证你会用崭新的角度看待书房架上的地球仪，你会用手指摸过球体的弧度，心想：我知道这段距离的感觉是什么，我知道大海是什么模样，也知道在地球上行遍千里路的意义。

火车在入夜后离开了芝加哥，车子在我们睡觉的时候，在南本德（South Bend）、山德斯基（Sandusky）、克里佛兰（Ceverlan）和匹兹堡等站都停过，我们醒来时已经到西维吉尼亚了，离华盛顿特区外围只有几小时。

在最后的时刻中，我不觉得有多成功，只觉得茫然：我真的做到了，我环绕了地球，但现在行程结束了，没了这重要的移动，我该做什么呢？要是我哪里也不去，那我该去哪里呢？

## 重新回到原来的窠臼

抵达华盛顿是旅程里令人扫兴的结束，车站没有欢呼的群众预报我们的成就，头发里也没有五彩碎纸，我们不过是走下火车的两个通勤族。我想要别人注意我们磨损的背包、神气的步态和钢铁般闪亮的眼神，我要别人好奇我们到底从哪里来，我想抓住随便哪个人的领口，对他大喊："他妈的，我刚才环游世界一周了耶！了不起吧！你又做了什么？"

我没有抓住任何人，我们冷静地走出车站出口，当晚借住在朋友家，因为我们没有回家的地址可以去。

接下来几周，我们四处奔波，探访家人和朋友，简直像是停不下来似的，最后在消耗光别人的好客热忱之后，我们不得不签下一纸公寓租约。看着手里的那串钥匙：前门钥匙、信箱钥匙、门闩钥匙，我感到一阵悲哀。6个月来，我身上不带钥匙，现在口袋里钥匙的重量真像个锚。

在一无所有的新家过夜的第一个晚上，我们睡在一张充气床垫上，床垫是从附近折扣商店以50美金买来的。我清醒地躺到天明，细数让我懊悔的每件事：我们还没骑过大象，也还没被一队雪橇狗拉着走，我们还有那么多旅行有待完成！但我醒来后才顿时明白，这么久以来，这是头一次没有地方可去。我已经没有力气或财力继续探险了，今晚、明晚和后天晚上，我都会睡在同一个房间。

适应期惨不堪言，日常生活中那些小小的胜利和失去似乎荒谬之极，看到从储藏公司领回的家具和衣服时，我几乎起了反感，好像那些是别人的东西，我们当初为什么会买这些东西？还花上一番心力让东西在我们出游时得以保存？现在我已经明白，我需要的一切都能装进一个背包里。

但当然，那股厌恶感渐渐淡去了，一周又一周过去，我没那么容易激动了，舒适和例行琐事开始渗进作息当中。我们需要赚钱，因此丽贝卡找到了另一家法律事务所，我又开始替杂志写文章。我们把充气床垫换成一张真正的床，买了平面电视，有了网络连线，去一样的酒吧和餐厅吃饭。我们回到了往日窠臼，凿出了新的凹痕。

但是，几年后的某一天，我知道我们又会抛开这一切，或许我们会沿着海滩散步，看到碎浪外停着一艘帆船，我会在丽贝卡眼中看到一丝亮光，然后我们都会开始想：不知道搭这东西可以跑多远？

# 致谢

没有《Slate》杂志，就没有我的记者生活，不管我漫游到何方，它总是我的家乡和避风港。

我要感谢社里所有可爱的朋友和同事，这一切都是他们促成的，尤其要大力感激乔蒂·艾伦（Jodie Allen）、大卫·普洛兹（David Plotz）、麦可·金斯雷（Michael Kinsley）、杰克·薛佛（Jack Shafer）、杰克·维斯博（Jacob Weisberg）和茱莉雅·透纳（JuliaThrner）。

特别感谢《Slate》杂志的旅游部编辑琼·汤玛士（June Thomas），她多次派我到地球上的怪异角落，凭借的只是那么一线希望，相信我会写出一篇报道给她。

我的经纪人佐依·帕格纳曼塔（Zoe pagnamenta），在这个时常令人丧气、偶尔难以索解的出版世界中，推出了一位新手作家。她会是很棒的货轮船长，可靠、有决断力，能够引导船只绕过危险的浅滩，往风平浪静的海上前进。此外，我也要感谢Riverhead的每一个人，尤其是我的编辑萝拉·培西亚赛（Laura Perciasepe），就像高速的日本子弹列车，萝拉的编辑有风格又活泼，而且（尽管我常有脱轨倾向）多数时候都让我们安稳顺利地进站。我也很感激丹·豪卡（Dan Halka）和麦克·勒葛兰

（Mikele Grand），他们的巧手替这本书绘制出漂亮的地图，让我的文字增色不少。如果我的文字是平价的游轮，他们的插图就是在丽都甲板上才华洋溢的客串表演者。

在我们进行这段马不停蹄的环游世界之旅时，这些人给了我极具价值的建议、安慰和陪伴：勒葛兰一家、布鲁斯顿寇恩一家（Bluestone－Cohens）、艾德化麦提森一家（Edwards－Mattisons）、阿诺俱乐部的各位男士（ArnoldClub）以及每一位我心爱的布鲁克兰（Brookline）兄弟姊妹。

我想我可以精准说出自己是何时患了旅游病的，当时我念五年级，我爸妈在暑假开始前几周就把我拉出学校，准备带全家来一段横越美国的浩瀚旅行。对于一个11岁的小孩来说，这真的是一场冒险。

从那时候起，我就确定了路线，追求起冒险生活，我爸妈和小妹丽姿一直是关爱、支持和鼓励的灯塔，无论天气好坏，一直帮助我找到方向，没有他们，我一定早就迷失，漂流到不知什么地方去了。